BENOÎT SÉVERAC
L'HOMME-QUI-DESSINE

Hors-série
Sous la direction de Natalie Beunat

ISBN : 978-2-74-851444-5
© 2014 Éditions SYROS, Sejer,
25, avenue Pierre-de-Coubertin, 75013 Paris

BENOÎT SÉVERAC

L'HOMME-
QUI-DESSINE

SYROS

Au commencement de ce roman était l'amitié de Sandrine Banessy

L'Homme-qui-dessine doit également beaucoup à la relecture de Maïté Bernard

À mes Sapiens sapiens *préférés, Jules et Jeanne*

Préface de Francis Duranthon
Paléontologue et directeur
du Muséum d'histoire naturelle de Toulouse, France

En 1856, des ouvriers d'une carrière creusent le sol d'une petite cavité dans la région de Düsseldorf, en Allemagne. Ils y découvrent des ossements et un morceau de calotte crânienne qui permettent aux scientifiques de l'époque de décrire une nouvelle espèce d'homme : l'homme de Neandertal (l'Homme-droit du roman de Benoît Séverac). Premier homme fossile reconnu, premier être humain disparu distinct de l'Homme actuel, il a longtemps pâti d'une image négative, au point même que certains ont douté de son existence. On en a fait un individu pathologique, frappé d'idiotisme, ou même un cosaque ayant fui devant les armées de Napoléon. Mais la multiplication des découvertes a conduit à l'évidence. Il s'agissait bien d'un représentant d'une espèce humaine nouvelle, disparue.

Sa morphologie particulière, avec un front fuyant, de gros bourrelets au-dessus des yeux, l'absence de menton, lui a valu de traîner pendant des dizaines d'années une réputation d'être simiesque, fruste, laid et attardé. Pourtant, les progrès récents de l'archéologie ont clairement montré qu'il n'en était rien. Cet homme est à l'origine des premières préoccupations esthétiques et spirituelles en Europe. Il enterre ses morts et fait preuve d'une grande richesse culturelle. On sait aujourd'hui que cet homme fossile et nos ancêtres directs, que l'on appelait autrefois hommes de Cro-Magnon et aujourd'hui hommes modernes ou *Sapiens sapiens* (les Hommes-qui-savent du roman), se sont côtoyés sur le sol européen et au Proche-Orient pendant des milliers d'années. Mieux encore, les études génétiques récentes nous montrent qu'il s'est très certainement hybridé avec des représentants de notre propre espèce puisque l'on retrouve dans nos chromosomes un petit pourcentage d'ADN néandertalien.

C'est à cette rencontre que nous convie Benoît Séverac, au cœur des Pyrénées françaises, dans la grotte du Mas-d'Azil, ce grand tunnel naturel creusé par l'Arize à travers le massif calcaire du Plantaurel. Les niveaux archéologiques les plus anciens conservés dans cette cavité ont pu être datés de près de trente-cinq mille ans avant notre ère, ce qui correspond à une époque où hommes de Neandertal et hommes modernes fréquentaient ensemble le massif pyrénéen.

Et bien au-delà du mystère de cette série de meurtres qu'il nous invite à résoudre, l'ouvrage sensible et bien documenté de Benoît Séverac nous ramène à des considérations qui résonnent fortement dans notre société contemporaine encline à des peurs irrationnelles de toutes sortes. La différence entre les individus est une richesse. L'étranger, quel qu'il soit et d'où qu'il vienne, est aussi notre frère humain.

chapitre un

LE RENNE BLESSÉ

En bas de la colline, près d'un passage à gué, un troupeau de rennes émerge de la pénombre. L'Homme-qui-dessine vient de se réveiller, il a failli ne pas les voir. Ils se sont fondus dans la brume matinale pour sortir de la forêt et venir brouter l'herbe grasse des berges.

L'Homme-qui-dessine aperçoit les bois des mâles qui se découpent dans le jour naissant. Il devine à leurs mouvements la méfiance déployée pour protéger le troupeau pendant qu'il s'abreuve.

Il profite d'une bourrasque qui le met en aval du vent pour descendre jusqu'à une zone marécageuse ; il s'arrête un instant pour rassembler ses forces avant l'attaque et s'assurer que les cervidés n'ont pas détecté sa présence. Il sait qu'une fois dans l'herbe gorgée d'eau, ses pieds seront moins légers, ils feront davantage de bruit et seront moins rapides.

Il use de mille précautions mais à peine a-t-il fait quinze pas dans la tourbe que l'un des mâles redresse la tête, cesse de mastiquer et se met à humer l'air. L'Homme-qui-dessine n'a pas le temps de s'en vouloir, le grand mâle bondit en direction de la forêt, entraînant le reste du troupeau. Seul un jeune faon est moins prompt à fuir.

L'homme, qui n'a plus rien à perdre, commence à courir pour mettre l'animal à portée de sagaie. Le jeune renne entre en mouvement au même moment, mais son arrière-train s'affaisse dans l'effort fourni pour s'extraire du ruisseau et rejoindre la terre ferme. L'homme a maintenant quelques secondes d'avance sur sa proie, et il a faim. La vue de cette masse de viande rouge irriguée de sang chaud lui donne des ailes. Il estime la distance et la force de son bras, et lance son arme. La sagaie frappe le renne au moment où il atteint la berge. Ses pattes avant se plantent dans l'herbe, comme si elles pouvaient s'y agripper, mais il est cloué sur place, paralysé par le coup, ses antérieurs continuant à brasser le sol alors que le reste de son corps s'enfonce dans l'eau. L'Homme-qui-dessine a cessé de courir. Le reste du troupeau a disparu. Il s'approche du jeune animal qui s'essouffle à refuser l'issue du bref combat. Il se plante devant lui et l'observe tandis qu'il dépense ses dernières forces. Enfin, il l'achève en écrasant son crâne sous une énorme pierre. Il hisse la carcasse hors de l'eau et la dépose sur la berge. Quand il retire sa sagaie, il remarque une autre blessure en haut de la cuisse droite du jeune renne. Voilà pourquoi la bête a eu tant de difficultés à bondir hors de l'eau ! Il examine la plaie et y enfonce un doigt. Il rencontre un objet qui ne peut pas être un os. Une masse dure a déchiré les tissus et s'y est fichée. Il sort de son sac un bout d'os taillé en biseau pour le plonger dans la plaie. Il le tourne et le retourne, et finit par extraire une pointe de silex blanc, d'assez mauvaise facture. Le faon a déjà été pris pour cible. Il a échappé à une première blessure, récente. Il n'a pas pu parcourir une très grande distance ; celui qui l'a touché n'est donc pas loin. Des hommes sont forcément dans les parages ! Si tel est le cas, ils ont peut-être déjà repéré l'Homme-qui-dessine. Son premier réflexe est de s'accroupir. Il n'avait pas pensé à cela ; il est à découvert dans ce vallon. Il inspecte rapidement les alentours afin d'écarter tout danger immédiat, puis se couche contre l'animal dont il se fait un rempart et s'immobilise. Rien ne se passe ; dans la frondaison, en haut des rochers, sur la rivière, rien ne bouge. Pas loin, il y a des humains, dont il ne connaît pas les intentions.

Après une longue attente, il décide de se relever. Il saisit le renne par les pattes arrière et le traîne à l'abri sous les arbres. Il se hâte de dépecer l'animal. Il ne prend pas le risque de faire un feu pour cuire la viande fraîche. Il se contente de manger le foie et le cœur, gorgés de vie, n'emportant que les quatre pattes dont il lie les extrémités autour de son cou à l'aide de lianes tressées. Il laisse la carcasse sur place et reprend sa progression, sans sortir du bois. Sa marche est lente et pénible, il se cogne aux branches et doit lutter contre les ronces, mais il veut voir sans être vu. On ne sait jamais comment peut se passer une première rencontre avec des humains, surtout si on commence par leur ravir une proie. Voyager seul est dangereux, il en a déjà fait l'expérience au cours de son périple. Il suffit de peu pour perdre la vie.

chapitre deux

LE CADAVRE DANS LA RIVIÈRE

La rivière serpente à travers une forêt de plus en plus épaisse et calme. C'est comme si les êtres qui vivent ici faisaient moins de bruit en se déplaçant, les arbres craquaient moins fort, et le vent se faisait plus discret dans leurs feuilles. Seuls les pas de l'Homme-qui-dessine rompent le silence, étouffés au sol par les mousses, amplifiés là-haut par la canopée qui s'en fait l'écho. Il commence à croire qu'il est seul dans cette forêt. Or cela n'existe pas, une forêt inhabitée. Il le sait, comme il sait ce que la peur provoque parfois. Il se souvient de chasseurs de sa tribu, pris de panique, se battant contre le vide ou fuyant à toutes jambes à force de trop regarder la nuit quand ils montaient la garde. La plupart du temps, à bout de forces, ils s'effondraient et finissaient par revenir au camp, mais il arrivait qu'on les retrouvât morts au fond de quelque ravin, à moitié dévorés par les bêtes, précipités là par la folie qui s'était emparée d'eux. Lui est un Homme-qui-dessine, il n'a pas le droit de tomber dans les pièges tendus par les esprits.

*

Après plusieurs heures de marche, il parvient à un coude de la rivière, au départ d'un vallon fermé par un cirque baigné de soleil. Il reste un long moment dans l'ombre des châtaigniers, s'attardant sur le paysage, les mouvements de la forêt, la forme des nuages... Il aimerait, un jour, reproduire les nuances de vert dans les arbres, la mousse sur les rochers, comme il dessine les reliefs et les cours d'eau sur ses écorces de bouleau. Puisqu'il arrive à faire des traits noirs avec de la cendre pilée, pourquoi ne pourrait-il pas recréer d'autres couleurs? Il existe bien des pierres jaunes et de la terre rouge! Ce que la nature fait, l'Homme-qui-dessine doit pouvoir le reproduire.

Il s'efforce de garder cette image intacte dans ses yeux. Un Homme-qui-dessine doit savoir observer pour ne pas oublier, même si aujourd'hui il regarde les choses non pas pour les rapporter aux siens mais pour son seul plaisir, pour que ce souvenir le réconforte quand il est gagné par le désespoir de la solitude, pendant les nuits sans lune, sans feu et sans compagnon. Appuyé sur sa lance, il ne se rend pas compte que le sommeil le gagne. La douceur de la fin du jour a raison de sa prudence. Pourtant, il devrait redoubler de vigilance, non seulement parce qu'il sait des humains proches, mais parce que la viande qu'il transporte risque d'attirer les prédateurs nocturnes. Il ne prend même pas le temps de dessiner sa progression sur ses rouleaux comme il le fait chaque soir avant la tombée de la nuit.

*

Il est réveillé par le chant des oiseaux, juste avant les premières lueurs du jour, et par des odeurs de feu que le vent apporte depuis qu'il a changé de direction. Un camp est à proximité! Si près qu'il distingue les volutes bleues de ses foyers par-dessus la cime des arbres. Elles proviennent d'un plateau rocailleux, en amont de la rivière. Il s'en veut de s'être endormi, il aurait pu être surpris, ce qui lui aurait été fatal.

Il rassemble ses affaires en silence, en prenant soin de ne pas sortir de la pénombre, quand son regard est attiré par une masse en travers de la rivière, à demi recouverte par les flots. C'est à une cinquantaine de pas, là où l'eau est peu profonde. Ça n'y était pas quand le soleil s'est couché. Homme ou animal, c'est inanimé. Il s'accroupit et s'immobilise, s'assurant qu'il ne court aucun danger avant de quitter le couvert de la forêt.

*

Au fur et à mesure que le jour se lève, le contour des choses apparaît. La masse au milieu de la rivière s'avère être un homme, jeune semble-t-il. Une sagaie dépasse de sa silhouette, ce qui exclut qu'il se soit noyé. L'Homme-qui-dessine estime qu'il n'est pas encore temps de sortir à découvert. Ceux qui ont tué l'homme qui gît là voudront récupérer leur sagaie ou le corps de leur ennemi, il est trop dangereux de se montrer. Un long moment, il attend ; l'eau continue à rouler sur la dépouille. Il ne perçoit aucun autre mouvement. Il se décide enfin à traverser le terrain nu qui sépare la forêt de la rivière. Il franchit la distance en courant mais sans bruit. Il se tient courbé pour faire une cible moins visible. Il atteint vite la rivière et découvre le corps inerte : c'est bien un mâle. Il le retourne du pied. Un Homme-qui-sait ! Il en reconnaît la taille et le faciès si caractéristique, si différent de celui des Hommes-droits comme lui. Les Hommes-qui-savent sont plus grands et plus minces que ceux de son peuple. Leurs cheveux et leurs poils moins sombres, leur face plate en font des humains effrayants. Celui-ci n'effrayera plus personne. La sagaie qui l'a transpercé s'est brisée quand il est tombé. La pointe est toujours là, fichée entre deux galets. L'Homme-qui-dessine la ramasse et en étudie le silex : il ne ressemble pas à celui qu'il a trouvé dans le faon hier ; ce n'est pas la même pierre, pas la même facture non plus. Le bois de la sagaie n'est ni épais ni long ; elle n'a pas pu être lancée de très loin, sinon elle n'aurait pas traversé le sternum de part en part. Trop légère pour cela. L'homme a été tué à bout portant.

Il n'a pas le temps de se poser davantage de questions, un groupe d'Hommes-qui-savent surgit de la forêt, là où la rivière fait un méandre. Ils sont armés et ont une allure féroce. Ils ont accéléré le pas dès qu'ils l'ont vu. Il pourrait partir en courant mais ils sont sept, ils connaissent probablement le terrain mieux que lui, et surtout ils sont plus grands donc plus rapides. Il sort du cours d'eau et se met en position de combat, sagaie en avant. Il sait que c'est vain, mais il veut montrer qu'il n'a pas peur.

Ils sont vite là. Dès qu'ils arrivent à sa hauteur, ils se disposent en cercle autour de lui. Inutile de tenter quoi que ce soit, il est à leur merci. Ils le regardent avec stupeur, comme s'ils voyaient un Homme-droit pour la première fois. Eux, malheureusement, ne sont pas les premiers Hommes-qui-savent qu'il voit. C'est à croire qu'ils ont partout remplacé les Hommes-droits. Il les connaît, il a eu affaire à eux, il a appris leur langage…

Certains sont pacifiques mais la plupart n'hésitent pas à tuer pour prendre ce qui ne leur appartient pas encore. Il leur arrive même de se battre entre eux. Des combats pour une femme, ou pour la plus belle pièce de viande. Les Hommes-droits n'existent pas à leurs yeux ; ils conquièrent leurs territoires de chasse en les ignorant, comme si tout leur était dû. L'Homme-qui-dessine constate amèrement que cela leur réussit ; les siens sont faibles à côté de ces hommes nouveaux. Il est l'Homme-qui-dessine, pas un guerrier, mais parfois il en veut à son peuple pour son manque de combativité. Ceux-là ne sont pas seulement étonnés de le rencontrer, ils sont également inquiets. Ramassés sur eux-mêmes, ils ont braqué leurs lances en direction de la forêt, comme s'ils s'attendaient à voir surgir d'autres ennemis. Ils craignent qu'il ne soit pas seul. L'un d'eux se penche sur le cadavre ; le mort était l'un des leurs. Une vive discussion éclate alors, sans qu'ils se doutent que l'Homme-qui-dessine comprend leur langage :

– Il faut tuer l'étranger.

– Non, il faut le ramener au clan.

– Il a tué Joum. Il avait encore la sagaie brisée à la main quand on est arrivés.

Tout à coup, l'un d'entre eux crie par-dessus les autres de rentrer au camp. Les palabres cessent immédiatement. L'un des chasseurs fait lâcher son arme d'un geste brusque à l'Homme-qui-dessine. Deux autres saisissent le cadavre par les chevilles et sous les aisselles, et la petite troupe se met en marche, entraînant son prisonnier. Celui-ci porte toujours les reliques du faon tué la veille mais il sait d'ores et déjà que cette viande est perdue pour lui. Elle lui sera prise, en même temps que sa vie sans doute.

chapitre trois

LES HOMMES-QUI-SAVENT

Il leur faut peu de temps pour atteindre une ouverture dans la montagne, par laquelle coule la rivière et d'où sort la fumée repérée ce matin ; l'Homme-qui-dessine pense à la gueule ouverte d'un ours immense, comme les hommes en fabriquent dans leurs rêves. Elle est au pied d'une falaise de roche jaunâtre tachetée ici ou là de lichen noir. Deux sentinelles en gardent l'entrée. Alors qu'il pensait pénétrer dans une caverne étroite et basse, une immense salle s'ouvre devant lui... Vide.

Le groupe franchit avec difficulté un amas de galets rejetés autour de l'entrée par les crues passées. Ceux qui portent le cadavre peinent tellement qu'ils laissent tomber leur charge à deux reprises. Ils atteignent un sentier surplombant la rivière. Celui qui donne les ordres fait prendre le relais à deux autres porteurs. Pendant la manœuvre, l'Homme-qui-dessine est toujours surveillé de près. Il est surpris de ne voir personne, aucune trace d'un camp. Pourtant, des odeurs de feu et de viande grillée lui parviennent. La tribu est donc plus loin dans la grotte. Quelle sorte d'humains vivent dans le noir? Ses gardes le poussent. Petit à petit, ses yeux s'habituent à l'obscurité; il finit par distinguer une lumière au fond. La grotte est en fait un tunnel creusé par la rivière, qui traverse la montagne. À l'autre extrémité, c'est le jour qu'il voit. Là-bas se trouve le camp d'où proviennent les fumées. La rivière fait un coude dans le ventre de la terre; ils continuent à la suivre. L'inquiétude gagne l'Homme-qui-dessine. L'écho de l'eau qui cogne contre la roche est si fort qu'il n'entend plus le bruit de ses pas sur les galets. Il se retourne pour se rassurer: l'entrée est toujours visible. À l'opposé, à au moins trois cents pas devant lui, sur un replat de l'ancien lit de la rivière, se dresse le camp des Hommes-qui-savent, à l'abri des intempéries sous la voûte, dans l'éclat du jour que l'ouverture laisse passer. C'est le campement idéal pour une horde: vite évacué en cas de danger grâce à ses deux ouvertures, sec malgré la proximité de la rivière, au cœur d'une forêt où le gibier vit à profusion. Il distingue de nombreux foyers et des silhouettes par dizaines. Il a rarement vu autant d'humains en un seul endroit. Sa tribu ne comptait pas la moitié des hommes et des femmes qu'il voit là, avant même qu'elle ne commence à péricliter.

Ils sont à mi-chemin entre les deux entrées maintenant. Le tunnel, pourtant déjà très large, s'évase pour devenir une salle plus vaste encore, si haute qu'elle pourrait contenir dix mammouths les uns sur les autres sans qu'ils en touchent le plafond. L'arrivée de l'escorte est annoncée par des exclamations de joie et de colère mêlées. Toute la horde accourt, sautant des plateformes, traversant la rivière dans de grandes gerbes, menaçant le prisonnier, brandissant toutes sortes d'armes. Les cris ont redoublé d'intensité, amplifiés par l'écho, rendus plus terrifiants par les ombres que projettent les torches.

Une pierre vient heurter son épaule. Trois autres projectiles l'atteignent avant que ses gardes ne se rendent compte que les jeunes l'ont pris pour cible et ne les réprimandent.

Ils franchissent la rivière et gravissent la berge opposée sous les hurlements de la tribu. Enfin, ils atteignent un grand feu autour duquel sont réunis quatre vieillards assis de part et d'autre d'un homme musculeux et moins âgé qu'eux, bien que déjà grand-père sûrement. L'Homme-qui-dessine comprend qu'il s'agit du conseil des sages et du chef de la horde. Il saigne abondamment de la tête lorsqu'il est jeté devant eux. Il est maintenant persuadé qu'il ne reverra pas le soleil se lever, pas depuis ce monde.

Le clan se rassemble ; tous se pressent pour voir le prisonnier. Les chasseurs racontent sa capture aux anciens, comment ils l'ont encerclé alors qu'il était encore penché sur le corps de Joum, un peu plus bas dans la vallée. Le chef se lève. Il semble immense. Malgré son visage marqué par les hivers, le soleil et les chasses, il se tient droit et une force se dégage de lui, qui n'est pas seulement celle de l'autorité. Il est plus grand et plus large d'épaules que tous les hommes de son clan, et son âge avancé n'a pas altéré sa virilité. Il écoute ses hommes en acquiesçant et en dévisageant l'étranger. Soudain, il lance un ordre à l'un d'eux et celui-ci arrache le sac de l'Homme-qui-dessine puis le tend à son chef qui se met à en fouiller le contenu. Il en tire quelques fruits flétris, le couteau de l'Homme-qui-dessine qu'il prend pour un vulgaire caillou noir et une poignée de cendre empaquetée dans une peau maintenue par une cordelette de cuir. Il remet tout dans le sac et s'intéresse aux rouleaux d'écorce qu'il déplie et regarde d'un air intrigué.

– Qu'est-ce que c'est ?

– Des dessins, rétorque le prisonnier.

Le chef est surpris :

– Tu parles notre langue ?

L'Homme-qui-dessine ne répond rien. Le chef répète : «Des dessins», puis il hausse les épaules et grommelle quelque chose d'incompréhensible. Il continue à dérouler les écorces de bouleau les unes après les autres, sans ménagement. L'Homme-qui-dessine redoute qu'il ne les déchire mais il ne veut pas montrer l'importance qu'elles ont à ses yeux. Il ne dit rien non plus lorsqu'il les laisse tomber sur le sol poussiéreux, tout près des cendres. Puis le chef découvre la pierre creuse dans laquelle l'Homme-qui-dessine mélange la cendre à sa salive, et les baguettes de noisetier qu'il utilise pour tracer les traits sur les écorces de bouleau. Le chef les lâche brusquement et jette le sac à terre.

– Magie.

La tribu a un mouvement de recul.

Ils le prennent pour un sorcier! L'Homme-qui-dessine ne sait s'il doit s'en réjouir ou en craindre les conséquences. Les humains, quel que soit le peuple auquel ils appartiennent, adorent ou tuent ceux qu'ils croient doués de pouvoirs surnaturels.

– Non. Ce sont des outils, répond-il prudemment.

– Des outils? Pour quoi faire?

– Pour se souvenir des montagnes et des rivières.

Cette réponse mystérieuse laisse les anciens perplexes; la horde s'inquiète de leur ignorance. L'Homme-qui-dessine sait que s'il montre la moindre peur, ils n'hésiteront pas à le tuer.

– Qui es-tu?

– Je suis l'Homme-qui-dessine.

Les sages échangent des regards interrogateurs : ils n'ont jamais entendu parler de lui.

– Tu es un chaman ?

– Non, j'ai plus de pouvoirs qu'un chaman, dit-il avec le plus d'assurance possible.

Le chef arbore un sourire ironique. Il désigne le plus ancien du conseil, à sa droite.

– Notre chaman est très puissant. Il connaît les plantes, affirme-t-il.

Le vieillard, tassé sous une peau plus lourde que lui, s'amuse de l'insolence de l'étranger. Ses yeux malicieux se perdent dans les replis de sa peau, défiant l'Homme-qui-dessine.

– Votre chaman n'a même plus la force d'aller cueillir des champignons, réplique celui-ci avec sarcasme.

Le sourire du doyen s'efface immédiatement. L'audace du prisonnier a pris le conseil de court et la tribu est indignée : l'étranger a osé insulter leur chaman ! L'Homme-qui-dessine voit le corps du chef se tendre, ses muscles se bander, prêts à le broyer. Sa provocation a obtenu l'effet qu'il recherchait, faire douter ses ennemis. Les chasseurs de l'escorte hésitent avant de l'assommer, mais le chef les stoppe d'un geste de la main. L'Homme-qui-dessine ne peut plus reculer, il doit profiter de cet instant d'hésitation. Il poursuit, d'une voix ferme, même si au fond de lui il sait qu'il a peu de chances de repartir vivant de ces montagnes :

— Il guérit les fièvres et les maux de ventre, et après ? Moi, je parle aux esprits.

Ses mots ont l'effet escompté : les premiers rangs autour du conseil répètent ce que l'Homme-droit vient de dire, et ses mots se propagent dans la tribu comme le feu dans la forêt.

— Comment te nommes-tu ? lance le chef, presque sur le ton du défi.

— Les miens m'appellent Mounj. Mais personne d'autre ne m'appelle ainsi.

C'est un nouvel affront, le premier homme de la tribu est pris au dépourvu. Il n'a jamais vu autant d'audace chez un chasseur aussi jeune.

— D'où viens-tu ?

— De plus loin qu'aucun de tes chasseurs n'ira jamais.

Une nouvelle fois, les paroles de l'Homme-droit sont prononcées avec un tel aplomb qu'elles impressionnent les sages.

— Où est ton clan ? demande le chaman.

— Je n'appartiens à aucun clan. Je vais seul.

Un murmure monte de la tribu massée autour des anciens ; on ne sait que penser de l'arrogance de cet homme.

— Où as-tu appris notre langue ?

— Je connais beaucoup de choses.

Le chef a un rire forcé :

– Tu oublies que tu parles à un Homme-qui-sait.

– Mon savoir est plus grand que celui des Hommes-qui-savent.

Ces derniers mots soulèvent une nouvelle rumeur d'indignation. La horde s'agite. Mounj s'en rend compte ; il est peut-être allé trop loin et la défiance vient de se transformer en colère. Le chef aussi a remarqué le mouvement d'impatience de ses chasseurs. Il ne peut pas laisser l'étranger parler plus longtemps sans réagir. Alors il bombe le torse et se tourne vers son clan :

– L'Homme-qui-dessine parle fort, mais il va mourir.

Sa déclaration est accueillie par des acclamations : leur chef a bien parlé !

Mounj ne désarme pas pour autant :

– Pourquoi ? crie-t-il par-dessus le brouhaha.

– Six de nos hommes ont été tués en moins d'une lune. Un par un. Par la même arme, dit le chef en désignant la dépouille du jeune chasseur à ses pieds. Leurs esprits ne sont pas encore partis dans le pays du grand sommeil. Mais nous avons capturé le tueur ! ajoute-t-il en haranguant la tribu. Nos morts réclament vengeance et exigent sa mort !

À ces mots, une nouvelle vague soulève la horde, un cri lancé à l'unisson. Cependant, Mounj refuse toujours de se laisser condamner :

– Ce n'est pas moi qui ai tué vos chasseurs.

Mais personne ne l'écoute. On rit même de sa tentative désespérée.

L'excitation a gagné les femmes et les enfants qui recommencent à frapper celui qui leur a pris un père ou un homme.

– Les sages vont se retirer pour parler aux esprits selon le rite. Que le clan se prépare pour le sacrifice et que l'on enferme le prisonnier dans la tanière de l'ours!

Les jeunes chasseurs de l'escorte s'exécutent alors que leur chef quitte le cercle en écartant la horde qui continue à laisser exploser sa joie. Mounj se laisse faire. Il a un dernier regard pour son sac qui repose toujours sur le sol. Un moment, il est tenté de le ramasser mais la pointe d'une lance le pousse dans le dos.

chapitre quatre

LE VENTRE DE LA MONTAGNE

Les chasseurs entraînent à nouveau Mounj dans le grand tunnel. Mais cette fois, au lieu de traverser la montagne, ils s'arrêtent à mi-parcours, au niveau d'un renfoncement de la paroi, dans la partie la plus sombre de la grotte. L'homme de tête prend appui sur la roche et se hisse jusqu'à un trou par lequel il disparaît. L'étreinte autour des poignets de Mounj se relâche, on lui fait comprendre qu'il doit grimper à son tour. Il trouve facilement les prises et atteint l'entrée d'une galerie étroite. Il peut à peine s'y tenir debout. Un à un, les chasseurs franchissent l'obstacle. La galerie est immédiatement envahie par la fumée des torches. La troupe se remet en marche et, après une centaine de pas, parvient à une salle ronde dont on n'aperçoit pas le haut. Ils sont au fond d'une espèce de puits.

On ordonne à l'Homme-qui-dessine d'attendre. Ses yeux s'accommodent à l'obscurité ; il distingue un autre passage, probablement le départ d'une deuxième galerie, ou l'entrée d'une autre salle. Il observe les jeunes chasseurs. Pour lui, ils se ressemblent tous : le même front plat, le même visage fin, la même tête pointue. Ils n'ont pas l'air rassurés dans cette salle muette et aveugle qui ne laisse plus parvenir aucun son de l'extérieur, aucun reflet du jour pourtant à son zénith dehors. Après les cris et l'agitation de la tribu, le silence de la grotte est saisissant. *Le pays du grand sommeil doit ressembler à cela*, se dit Mounj. Les Hommes-qui-savent hésitent un instant. Les uns proposent de le laisser là, jugeant qu'ils sont assez loin dans le ventre de la terre pour qu'il y ait le moindre risque qu'il s'échappe ; les autres affirment qu'il faut obéir à leur chef et pousser plus loin, jusqu'à la tanière de l'ours.

Il est finalement décidé de suivre les ordres, et la petite troupe se remet en mouvement. Ils empruntent le passage que Mounj avait repéré et plongent dans une obscurité plus aveugle encore, une galerie sans voûte, sans parois, un espace sans dimensions. Leurs pas n'ont plus le même écho. Chacun avance au même rythme lent et prudent. Les jeunes chasseurs ne prennent plus la peine d'entraver leur prisonnier. Mounj imagine de grandes gueules béantes de part et d'autre, prêtes à l'avaler au moindre faux pas ; il s'accroche à l'épaule de celui qui le précède de peur de basculer dans quelque précipice. Ils tournent et virent. Mounj ne sait plus où ils sont ni dans quel sens ils avancent ; la grotte n'offre aucune prise pour se repérer : pas de bruit d'eau qui s'infiltre, pas de courant d'air qui donnerait une direction à ce grand vide, pas d'autre odeur que celle des hommes. Et la sienne. Celle des prémices de la peur. Ce qui s'immisce en lui n'est pas de la résignation, mais la conscience d'être en danger.

Leur progression semble sans fin. Pourtant, elle se termine quand l'homme en tête de file s'arrête à l'entrée d'une galerie, une grotte dans la grotte, d'un noir plus dense encore ; Mounj n'aurait pas cru cela possible. Il sent qu'on le pousse en avant. Il résiste et reste collé au groupe, car même s'il est leur prisonnier, ce sont des humains malgré tout, et leur compagnie est préférable à celle des ombres tapies là, silencieuses et patientes, hostiles et inconnues. Mais on le pousse plus fort, on le jette presque à terre. La troupe lui lance des vivres et une peau, puis se hâte de disparaître dans les ténèbres. Mounj voit les flammes des torches danser et cheminer en sens inverse, et s'effacer brusquement à l'endroit où se trouve la sortie. Il essaie de retenir cette dernière image, de la graver dans sa mémoire à la façon d'un repère sur une de ses écorces de bouleau. Un moment, la lumière persiste, mais elle finit par s'effacer, comme soufflée par le vent. Et la nuit revient, toujours plus épaisse. Avec les derniers reflets des torches s'est évanoui l'espoir de la chasser. Mounj demeure un instant immobile. Il écoute le cœur de la montagne, mais rien ne bat. Il fait quelques pas sur la gauche, cherche une paroi à tâtons. En vain! Ses mains ne rencontrent que le vide. Il revient sur sa droite, vers les vivres. Il doit se mettre à quatre pattes pour les retrouver. Il y a là quelques bouts de viande séchée et une outre remplie d'eau... de quoi tenir quelques jours; ainsi que sa peau de renne. Il n'y a rien d'autre à faire que s'accroupir et attendre. Ses yeux finiront bien par s'habituer. Avec le temps, à force d'essayer, ils parviendront à crever cette masse impalpable et étouffante, cette chose inconcevable, une nuit sans fin. Ses propres mains, son corps... invisibles. Il repousse quelques cailloux qui le gênent et se laisse glisser sur le sol. Il attrape la peau de renne, s'en fait une carapace, se recroqueville dessous afin de ne laisser dépasser aucun membre. Opposer aux ténèbres quelque chose de plus dur qu'elles, une coquille qu'elles ne sauraient percer; recréer un monde à son échelle dans cet espace trop grand pour être seulement conçu; redessiner des contours puisque la grotte semble ne pas en posséder. Toucher son corps de la tête aux pieds, chaque partie de soi, pour en appréhender la vérité, pour se rassurer sur son existence. Il lutte contre le sommeil parce qu'il lui fait trop peur, mais l'homme est ainsi fait qu'il finit toujours par s'endormir. Il lui faut ça pour oublier.

chapitre cinq

LA TANIÈRE DE L'OURS

Mounj ne sait combien de jours et de nuits il est tenu enfermé, extrait de la vie qui continue à l'extérieur, oublié peut-être, sans voir personne, sans moyen de savoir comment il va mourir. Au fur et à mesure que le temps passe, il est de plus en plus convaincu que cette grotte sera sa tombe. Sous la peau de renne, il trouve la force de ne pas penser, de ne pas se laisser aller au désespoir. Il y reste, n'en sortant que pour satisfaire ses besoins, boire et grignoter.

Il occupe son esprit et trompe sa peur en se remémorant les siens, son clan qu'il a quitté il y a trois hivers quand son père a fait de lui le nouvel Homme-qui-dessine, après avoir lui-même succédé à son père, qui avait marché dans les pas de son propre père... Ainsi de suite jusqu'à leur ancêtre qui inventa les bâtons qui tachent, de simples bouts de bois passés au feu que les premiers Hommes-qui-dessinent se contentaient de frotter sur le sol ou sur les parois de leurs abris de roche. Les traits qu'ils traçaient ne ressemblaient à rien et disparaissaient vite sous l'effet de l'humidité ; jusqu'au jour où le grand-père du grand-père de Mounj eut l'idée de représenter les alentours du camp sur de grandes feuilles d'arbres. Mises bout à bout, elles formaient un paysage fidèle à celui qui s'offrait à la vue des humains. Elles avaient l'avantage de pouvoir être rangées à l'abri après avoir été montrées à la tribu. Les générations d'Hommes-qui-dessinent se sont succédé et se sont progressivement éloignées de la grotte du clan pour continuer la fresque immense. Ils ont dû aller de plus en plus loin afin de raconter le monde qui les entourait et sont restés pour cela éloignés de la tribu pendant des périodes de plus en plus longues. Quand ils revenaient, ils racontaient les aventures qu'ils avaient vécues au cours de leur voyage : les tribus rencontrées, les us des uns, les coutumes des autres, les croyances de ceux-ci, les pratiques de ceux-là. Ils rapportaient des histoires qui émerveillaient la tribu rassemblée le soir autour du feu. Mounj lui-même avait écouté son grand-père et son père. Leurs mots faisaient apparaître des plaines et des montagnes inconnues et invisibles, donnaient corps aux peuples qui y vivaient. Par le seul pouvoir de leur voix, ils emmenaient avec eux la tribu fascinée – effrayée par moments – par-delà les rivières, sur des plateaux lointains habités par des animaux si étranges qu'on avait du mal à croire qu'ils pussent exister. Les enfants regardaient Mounj avec envie ; ils savaient qu'il succéderait un jour à son père et qu'il verrait de ses propres yeux ce que ce dernier décrivait. Puis ils s'endormaient les yeux remplis d'images merveilleuses.

Ce temps est lointain. Aujourd'hui, la plupart de ces enfants sont morts, emportés par de mystérieux maux contre lesquels leur chaman est resté impuissant. Du fond des ténèbres de la tanière de l'ours, Mounj se les remémore ; ils revivent en lui, provoquant une douleur jamais ressentie auparavant, peut-être parce qu'il se sait proche de les rejoindre. Il réalise qu'ils lui ont cruellement manqué. Ces enfants auraient dû faire partie de sa vie. Au lieu de cela, ils se sont détachés comme les branches d'un arbre mort, faisant de Mounj un être nu, taciturne et solitaire ; chacun, en disparaissant, a emporté un morceau de lui. Il revoit son frère Arvo, sorti du ventre de leur mère un hiver après lui. Celui-ci jalousait tellement son aîné qu'il lui arrivait, lorsqu'ils se disputaient pour un os à ronger ou une pierre brillante, de crier qu'un jour il le tuerait et prendrait sa place de futur Homme-qui-dessine. Mounj s'en amusait, sans imaginer qu'Arvo mourrait avant d'être devenu un homme, d'un mal de poitrine qui le faisait tousser et revenait toujours plus fort, le fatiguant davantage, jusqu'à ce qu'il ne puisse plus respirer. Il s'est étouffé dans le gargouillement du sang qui sortait de sa gorge. Ce mal a décimé de nombreux enfants et vieillards cet hiver-là. Mounj se souvient qu'à cette époque, son père ne voyageait plus. Lui et son grand-père passaient beaucoup de temps à raconter leurs aventures; il comprend aujourd'hui que c'était pour apaiser les enfants qui s'éteignaient fiévreusement dans les bras de leurs parents. Mounj repense avec tristesse à la voix de son père. Il aimerait tellement l'entendre pour se rassurer! Les Hommes-qui-dessinent ne se contentaient pas de paroles, ils ramenaient aussi de nouvelles idées prises à d'autres peuples, des outils plus efficaces, des pierres plus dures; petit à petit, ils ont occupé une place de plus en plus importante au sein de la tribu. Cependant, ils n'ont jamais pris celle du chef ou du chaman, parce qu'ils ne restaient pas plus d'une lune au camp, le temps de couvrir leur femme et de reprendre les forces nécessaires pour entreprendre le prochain voyage. Il leur arrivait de passer toute la saison froide avec le clan si elle était particulièrement rude, mais jamais davantage. Enfant, Mounj souffrait de l'absence de son père. Il n'aurait pas imaginé qu'une fois devenu Homme-qui-dessine, sa tribu lui manquerait davantage. Il a dû marcher si longtemps qu'il lui a été impossible de revenir une seule fois en trois hivers. Il est aujourd'hui plus loin de sa tribu qu'aucun Homme-qui-dessine avant lui. Cependant, sa mission est restée la même que celle de ses ancêtres : dessiner les contours et les reliefs du monde pour mieux le comprendre et compter les tribus d'humains qui le peuplent, qu'ils soient Hommes-droits ou Hommes-qui-savent. Peu de choses ont changé dans leurs dessins, sauf que Mounj n'utilise plus de feuilles. Il les a remplacées par des écorces de bouleau, plus résistantes, moins friables. Il se souvient du jour où, peu de temps avant que son père rejoigne la longue nuit, pendant les quelques semaines qu'il avait passées allongé près du feu, incapable de se lever pour aller se vider dans les futaies, ou même se redresser pour boire et manger, il l'avait appelé auprès de lui pour lui dire :

– Tu es l'Homme-qui-dessine à présent. Montre-toi digne de tes ancêtres, notre mission repose sur tes épaules... sur tes écorces, avait-il ajouté en souriant. Je me rappelle le jour où tu m'as montré que l'on pouvait utiliser l'écorce de bouleau à la place des grandes feuilles. J'étais si fier.

Le vieillard s'était tu pour reprendre son souffle. Quelques jours plus tard, il s'était endormi pour toujours. Mounj se demande si le moment n'est pas venu pour lui de rejoindre l'esprit de son père au pays du grand sommeil. Il tente de repousser l'image de son propre corps livré en sacrifice à la tribu des Hommes-qui-savent, ou abandonné dans cette galerie, à jamais invisible des humains, pour toujours plongé dans la nuit froide. Il fait son possible pour chasser la peur. Cependant, il sent que les heures passées dans l'obscurité totale commencent à troubler son esprit. Il imagine toutes sortes de fins ; chacune le laisse abattu. Il ne serait pas digne d'un Homme-qui-dessine de perdre la raison. Plus que jamais, il pense à son clan ; il se demande si les siens vivent toujours au bord de la grande eau, ou s'ils sont partis vers d'autres terres comme l'envisageaient certains pour échapper au mal qui décimait la horde. Et Dréa ? Qu'est-elle devenue ? A-t-elle pris un homme ? Ce n'était pas les prétendants qui manquaient. Elle avait les hanches larges et la poitrine ronde, le ventre fertile. Cependant, le désir qu'il ressentait n'était pas seulement celui d'un mâle, même jeune, pour une femelle ; Mounj n'a pas oublié le plaisir qu'il éprouvait à être en sa compagnie. Quand son père l'emmenait avec lui pour des voyages de plusieurs lunes, le temps lui paraissait long et il ne parvenait pas à la chasser de son esprit. Se souvient-elle de lui ? Lui n'a jamais cessé de penser à elle. Enfants, ils s'étaient promis l'un à l'autre. Les autres enfants de la tribu le savaient et ne l'oubliaient pas dans leurs jeux : toute petite, Dréa était déjà considérée comme la future femme du prochain Homme-qui-dessine. Les adultes ne l'ignoraient pas non plus et tout le monde semblait s'en réjouir. Pourtant, son père s'opposa à leur union quand le moment fut venu.

– Tu prendras femme dans une autre tribu, avait-il annoncé sentencieusement.

On ne discute pas la décision d'un père ; Mounj s'était soumis. Cependant, son père avait vu la douleur sur le visage de son fils, et il lui avait parlé comme à l'homme qu'il était presque :

– Notre horde est devenue trop petite pour que ses jeunes se reproduisent entre eux. Nous devons renouveler le sang par les femelles. Sinon, nos enfants naîtront malingres et la plupart ne passeront pas les dix printemps. Déjà, nous perdons de plus en plus de petits. C'est pour le bien de la tribu que je te demande cela. Tu dois trouver une femme robuste et en bonne santé.

– Dréa est robuste et en bonne santé.

– Oui, mais elle est d'un sang trop proche du tien.

– Tu dis toi-même que les tribus d'Hommes-droits sont de plus en plus rares.

– Va vers le soleil couchant, marche jusqu'à ce que tu trouves une femme. Ne reviens pas avant.

C'était il y a trois hivers. Depuis, tous les Hommes-droits qu'il a rencontrés étaient morts, ou mourants. Peut-être les siens ont-ils subi le même sort et Dréa a-t-elle rejoint son père dans la longue nuit, dévorée par la maladie des Hommes-droits ? Voilà quinze hivers qu'il est venu sur cette terre, et il n'a toujours pas de descendance. Les seuls humains qu'il ait vus en bonne santé étaient des Hommes-qui-savent. Ceux-là ne semblent manquer ni de femelles ni d'enfants. Si seulement il avait pu prendre une de leurs femelles parmi toutes celles qu'il a rencontrées ! Mais les sages de sa tribu, à commencer par son père dont le savoir était immense, ont toujours affirmé que les unions entre humains de peuples différents ne donnaient rien... tout au plus des bâtards stériles qui ne vivaient pas longtemps. Mounj n'a jamais connu d'Homme-droit qui se soit accouplé à une Femme-qui-sait. Pourtant, ces femelles font naître en lui les mêmes envies que celles de son peuple, et si leur physique reste moins attirant, leurs attributs sont très semblables. Il a vu leurs mâles les saillir dans les fourrés aux abords de leur camp ou sur les berges de leurs rivières... Ils ne font pas cela différemment des hommes de son peuple.

Enfin, des voix et des bruits de pas mettent un terme à l'attente de Mounj. Il ouvre grand les yeux, et les reflets dansants d'une flamme à l'entrée de la galerie lui parviennent ; des ombres incertaines pour commencer, puis des silhouettes, et pour finir les reliefs colorés de la roche autour de lui. Le même groupe qui l'a amené ici il y a quelque temps est revenu le chercher. Ces hommes sont ses ennemis, mais il accueille leur retour comme s'ils venaient le sauver.

chapitre six

LE SURSIS

Les jeunes chasseurs le pressent de sortir du boyau dans lequel ils l'avaient laissé et l'entraînent vers la sortie. Mounj, aveuglé par les torches, les muscles endoloris par l'immobilité, trébuche à plusieurs reprises, grisé par la marche forcée. Il est chaque fois rattrapé par l'un de ses gardes et remis sur le sentier par une bourrade dans le dos.

En émergeant de la dernière galerie, il inspire profondément ; l'air frais du grand tunnel lui fait le même effet que les feuilles que fument les chamans pour parler aux esprits. Qu'il est bon d'entendre le piaillement des enfants, la cognée des tailleurs de silex, l'aboiement des chiens, le concert insouciant d'un camp qui vit, même si ce n'est pas le sien.

Les chasseurs le mènent vers les foyers à l'entrée du tunnel, là où la lumière est la plus forte et lui brûle presque les yeux. Mounj a beau être certain que les Hommes-qui-savent l'ont extrait de la grotte pour le sacrifier, il est quand même rasséréné de retrouver la course du soleil.

Tout le clan se réunit à nouveau : on crie, on lui lance des insultes et des menaces. La haine de la tribu à son égard n'a pas diminué, au contraire. Il regarde les visages de ses gardes. Ils ne laissent rien transparaître.

– Qu'allez-vous me faire ?

Pour toute réponse, les chasseurs le rudoient et le poussent en avant. Il se rebiffe maintenant. Mourir n'est pas ce qu'il craint le plus ; c'est l'idée d'échouer dans sa mission qu'il ne supporte pas. Il est l'Homme-qui-dessine, il n'a pas le droit de mourir avant d'avoir eu un fils et de l'avoir formé à l'art de dessiner le monde. Il l'a juré à son père. Qu'il ait à se dédire, qu'il puisse disparaître en étant le dernier Homme-qui-dessine l'emplit de colère et de honte. C'est ce qui lui donne cet air de rage qui le protège des coups et des rugissements de la horde.

Il est une nouvelle fois amené devant le conseil. Rien n'a changé : les mêmes sages assis autour du même feu ; la tribu dans le même état d'excitation, entre soif de vengeance, curiosité et crainte ; le chef toujours aussi silencieux et menaçant. Tout est comme le jour de sa capture, à l'exception du cadavre étendu au centre du cercle. Ce n'est plus celui du chasseur retrouvé dans la rivière quelques jours plus tôt, mais celui d'un jeune homme d'à peine quinze ou seize hivers, comme Mounj, lui aussi blessé mortellement à l'abdomen par une arme, mi-lance mi-flèche.

– Quel est ce mystère? tonne le chef.

Une rumeur parcourt la horde. Mounj ne comprend pas. Il s'attendait à mourir et on le questionne encore.

– Quel mystère?

– Comment as-tu fait pour tuer à nouveau alors que tu étais dans la grotte?

– Je n'ai tué personne...

– C'est de la magie, assène un membre du conseil.

Le chef désigne la dépouille du jeune chasseur.

– C'est le septième homme que nous perdons.

Mounj observe le cadavre.

– Ce n'est pas de la magie. Trouvez à qui appartient cette sagaie et vous saurez qui a tué votre chasseur.

– Nous ne connaissons aucune tribu qui utilise de telles armes, dit l'un des sages. Ce que nous savons, c'est qu'avec une sagaie aussi légère, il faut être à moins de cinq pas pour transpercer le corps d'un homme.

– Ce n'est pas ma sagaie non plus.

– Notre tribu est menacée. Quelqu'un veut tous nous tuer, gémit un autre membre du conseil, aussi décrépit que le chaman.

Le chef fait taire le vieillard dont les paroles effraient la tribu ; la peur n'est jamais bonne pour un chef, sauf quand c'est lui qui l'inspire. Mounj continue à se défendre :

– J'étais prisonnier de la grotte au moment où votre chasseur a été abattu. Ça ne peut pas être moi.

– Avec la magie, tout est possible.

– Je ne connais pas la magie.

– Tu disais posséder des pouvoirs supérieurs aux nôtres, supérieurs à ceux d'un chaman !

– Même si j'étais le plus puissant des sorciers, je ne pourrais pas faire voler les sagaies sans un bras pour les lancer.

À nouveau la horde réagit. Le chef trouve que l'étranger parle trop, il risque de faire douter le clan. Il doit prendre une décision rapidement. Il consulte les sages qui l'approuvent silencieusement :

– L'Homme-droit va payer pour tous nos morts.

Les derniers mots du chef ont l'effet d'un signal. D'une même voix, hommes et femmes se mettent à scander « Womb, Womb, Womb ! » tout en levant des bras armés vers le ciel. Mounj observe, épouvanté, cette masse qui se resserre et dont les cris, au fur et à mesure, ne deviennent plus qu'un. Les parois rocheuses du tunnel les rendent plus effrayants alors qu'ils se mêlent au fracas de la rivière. Ce peuple qui l'escortait dans le désordre et le mécontentement communie à présent autour de son chef; il demande que le sang coule. Mounj ne croit pas à la magie. Au cours de ses longs voyages, il a plusieurs fois eu l'occasion de trouver des explications à des phénomènes que les hommes attribuaient aux forces obscures. Il ne doute pas qu'il y en ait une aussi à cette série de meurtres. Ce qu'il craint par-dessus tout, ce sont les hommes. De quelque peuple qu'ils soient, quand ils sont confrontés à l'incompréhensible, ils retournent leur peur contre l'étranger.

Les coups reprennent. Il est bousculé de tous côtés, molesté par les femmes et les hommes qui se déchaînent. Il sent que sa mort est proche. Il tente de garder son calme et de réfléchir : ce peuple est crédule et peureux, versatile aussi. Le seul moyen d'échapper aux Hommes-qui-savent est de les convaincre qu'il est protégé par une magie supérieure, inconnue d'eux, qu'ils doivent redouter. Son salut viendra de la crainte qu'il pourra leur inspirer ; il faut qu'ils voient en lui une menace plus grande s'ils le tuaient que s'ils le laissaient vivre. Au milieu du tumulte, Mounj s'immobilise et lève les yeux vers le ciel. En prenant sa voix la plus caverneuse, imitant les imprécations du chaman de son clan lorsqu'il a des visions, il dit tout haut :

– Si vous me sacrifiez, vos chasseurs continueront à mourir, et les esprits de vos morts en seront fâchés parce que je ne suis pas celui dont ils réclament la mort. Une malédiction s'abattra sur les vôtres et la tribu entière disparaîtra.

À ces mots, le chef écarte les bras pour ordonner le silence, et s'immobilise. La tribu obéit et la clameur s'éteint immédiatement. Tous se figent aussi vite qu'ils s'étaient embrasés. Le chef consulte les anciens. La tribu, à nouveau, attend leur verdict. Chacun essaie d'entendre ce qu'ils se disent à voix basse :

– Contrarier les esprits est dangereux, l'étranger a raison.

– Ses pouvoirs sont peut-être ceux qu'il prétend.

– Et s'il parlait véritablement aux esprits ?

Une nouvelle fois, le conseil des sages vacille. Le moment est grave, une décision trop hâtive pourrait mettre en danger le clan. Mais l'un des chasseurs de son escorte, soutenu par quelques-uns des jeunes, l'exhorte à ne pas écouter l'Homme-qui-dessine :

– Nous aurions dû tuer l'étranger après la mort de Joum. Vois ce qui est arrivé à Ifa. Il faut offrir sa vie aux esprits maintenant.

Le chef ne détourne pas le regard de Mounj. Une voix intérieure semble lui commander : *Un chef est grand s'il a raison contre tous. Il faut parfois savoir ne pas écouter la horde.*

Mounj a perçu son hésitation. Il continue à s'adresser à lui, les yeux dans les yeux :

– Je vous serai plus utile vivant que mort.

Il sait que la peur ne suffit pas, il doit aussi leur donner ce qu'ils veulent : un coupable, une explication, et que cessent les meurtres. Il n'a pas d'autre choix que de débusquer lui-même celui qui a tué ces hommes.

– Je trouverai le tueur, je vous prouverai qu'il n'y a pas de magie, dit-il. Il y a un chasseur d'hommes dans vos montagnes. Il est toujours là, il continuera à frapper.

– On n'a vu personne. Il n'y a rien. Que toi et tes maléfices, répond le jeune chasseur qui lui aussi a senti son chef sur le point de se dédire.

– Donnez-moi du temps. Si je réussis, vous me libérerez, si j'échoue, je serai sacrifié.

– Tu chercheras à t'évader.

– Faites-moi garder jour et nuit. Je serai votre prisonnier.

– C'est trop risqué! Djub, ne l'écoute pas, intervient à nouveau le jeune chasseur.

Le chef Djub finit par trancher :

– Nous attendrons jusqu'à la prochaine lune. Si dans sept nuits l'étranger n'a rien trouvé, il sera sacrifié selon nos rites. D'ici là, il restera sous la surveillance de mon fils aîné Maï, et de son frère, Haoud.

À l'appel de leur nom, deux jeunes chasseurs sortent des rangs. Leur père leur glisse quelque chose à l'oreille avant de se tourner vers la horde ; il prend alors un air féroce et solennel. Il sait que son clan va penser qu'il est faible et qu'il change d'avis sous l'influence de l'étranger. Pourtant, il doit faire ce choix : le sacrifice de l'Homme-qui-dessine ne servirait qu'à apaiser momentanément la colère des jeunes les plus virulents et assouvir le désir de vengeance des familles des morts. Mais ce que Djub souhaite, c'est que cessent les attaques contre les siens, et il n'est pas convaincu que la mort de l'étranger soit la solution. C'est la stupeur dans la foule. Les hommes se regardent, peinant à croire ce qu'ils viennent d'entendre. Personne cependant, pas même les sages du conseil, n'ose s'opposer au chef. Mounj pousse un soupir de soulagement, tous ses muscles se détendent. Il est sauvé, même si ce n'est que provisoire. Il perçoit la dangereuse frustration de la horde. C'est un peuple obéissant, qui se tait, mais avec réticence. Il devra se méfier de tout le monde. Il considère aussi la difficulté de sa tâche : sept jours, c'est peu pour faire parler sept morts.

chapitre sept

LES SEPT CADAVRES

Le chef quitte le cercle, suivi des anciens. Deux chasseurs sortent des rangs et s'avancent vers la dépouille du jeune homme. Ils l'attrapent délicatement par les épaules et les jambes, et l'entraînent vers l'intérieur de la grotte. La tribu s'écarte sur le passage du cortège. Pendant ce temps, les deux fils du chef se sont positionnés de part et d'autre de Mounj. Jambes écartées, torse bombé, ils ont planté leur lance dans le sol, déterminés à ne pas le laisser s'échapper. Celui que le chef a nommé Haoud est particulièrement impressionnant. Son visage est très différent de celui des autres mâles de la tribu. Il est moins grand mais plus trapu que son père, dont la taille est exceptionnelle. Il toise Mounj, le défiant de tenter quoi que ce soit qui mette à l'épreuve sa force physique. Il ne ressemble pas non plus à son frère, dont les traits plus fins et la couleur des cheveux rappellent davantage ceux du chef du clan. Mounj lève les yeux au ciel. Ce n'est pas aujourd'hui qu'il rejoindra ses ancêtres dans la longue nuit. Il ne s'attarde pas cependant : s'il veut réussir, il ne doit pas perdre de temps. Il s'adresse sans ambages aux fils du chef :

– Où sont les corps des autres chasseurs ?

Les deux frères se regardent, pas certains de saisir ce que l'Homme-qui-dessine veut dire.

– Vos morts, vous les mettez où ?

– Pourquoi ?

– Il faut que je les voie.

– Les morts sont sacrés chez nous, on ne peut pas les déranger dans leur sommeil.

– Je ne les dérangerai pas, je veux simplement les regarder.

Haoud fait un pas vers lui :

– Je ne suis pas mon père. Je n'ai pas sa patience. Si on m'avait écouté, tu serais déjà dans la longue nuit.

– Ton père est plus sage que toi, c'est pour ça qu'il est le chef. Il a compris ce que je pouvais faire pour votre peuple.

– Nous n'avons pas besoin d'un Homme-droit pour nous défendre.

– Alors pourquoi les Hommes-qui-savent se laissent-ils tuer sans chercher à savoir d'où viennent les sagaies qui prennent leurs vies ?

Haoud se fait plus menaçant, il est à deux doigts de sauter à la gorge du prisonnier quand son frère aîné s'interpose :

– Haoud !

L'intervention de Maï suffit à lui rappeler les paroles de leur père : «Surveillez-le et protégez-le. S'il cherche à fuir, tuez-le ; si on l'importune, assommez l'importun.»

Il bat en retraite mais ne peut dissimuler son animosité :

– Les Hommes-droits sont un peuple inférieur, affaibli. Vous êtes en train de disparaître, siffle-t-il entre ses mâchoires serrées.

– Ça suffit, Haoud, dit sèchement Maï.

Haoud cède mais ses yeux disent que Mounj ne perd rien pour attendre.

– Pourquoi veux-tu les voir ? interroge Maï.

– Les morts parlent si on sait les écouter.

– C'est de la sorcellerie. Les sages avaient raison, triomphe Haoud.

– Ce n'est pas ce que tu crois, lui répond Mounj. Je veux être sûr qu'ils sont bien morts d'un coup de sagaie.

– De quoi d'autre ?

– C'est ce que je veux vérifier.

– On les a tous découverts avec une sagaie plantée dans le ventre ou dans la poitrine, confirme Maï. Notre chaman a préparé chacun d'eux pour la longue nuit, il n'a rien trouvé d'autre.

– Nous les avons étendus dans les galeries du grand sommeil, abrège Haoud. C'est un lieu sacré. Personne n'a le droit d'y pénétrer après la cérémonie des morts, pas même notre chaman.

– Votre chasseur, celui dont le corps était là tout à l'heure, je peux le voir?

– Jamais les siens n'accepteront qu'un Homme-droit s'approche de sa dépouille.

Maï réfléchit puis finit par se ranger à l'avis de son frère:

– Il a raison. Ifa a déjà été emmené dans les galeries du grand sommeil. Demain, au lever du soleil, le chaman commandera les danses et les chants rituels. En dehors de lui, seule la famille est autorisée à voir un mort dans la galerie. Mais Ifa était à tes pieds tout à l'heure, et c'est toi qui as découvert Joum dans la rivière. Tu as vu les sagaies qui les avaient transpercés, qu'est-ce que les cadavres pourraient t'apprendre de plus?

Mounj n'insiste pas.

– Puisque je ne peux pas voir les corps, montrez-moi au moins où vous les avez trouvés.

*

– On a découvert Kal dans la montagne au-dessus de la grotte. Joum, dans le vallon... Les cinq autres ont été attaqués aux abords de la grotte.

– Où exactement?

– Huiin était là, en bas. Ça a été le premier.

Maï montre un bosquet de buis à une vingtaine de pas de la grotte. Les Hommes-qui-savent ont abattu assez d'arbres pour dégager deux larges bandes de part et d'autre de la rivière. Ils ont ainsi repoussé la forêt à plusieurs dizaines de pas de l'entrée du tunnel.

– Qu'est-ce qu'il faisait si près de l'orée du bois?

– On ne sait pas. C'était la nuit. Peut-être qu'il a entendu un bruit et qu'il s'est écarté du camp.

– Le deuxième?

– Boor. Il montait la garde lui aussi, on l'a retrouvé ici.

Maï désigne un rocher à deux pas de l'endroit où ils se tiennent, tout près du camp. Mounj considère le rocher en question, s'approche et découvre des traces de sang sur le sol. Il réfléchit rapidement: un guetteur fait une cible facile. Mais comment le tueur a-t-il pu venir si près du camp sans être vu ou entendu?

– C'était pendant la nuit?

– Oui, sauf pour Kal et Joum. Eux ont disparu pendant la journée, pendant qu'ils chassaient.

– Ce sont les seuls à avoir été tués loin du camp?

– Oui.

Mounj observe les futaies alentour. Les attaques ont toutes un point commun : le tueur frappe quand ses cibles sont seules.

— Le tueur ne prend pas le risque d'approcher le camp pendant la journée.

Cela lui rappelle la façon dont les siens attaquaient les longues-cornes qui pâturaient dans les plaines. Mounj n'a jamais assisté à de telles chasses – les troupeaux ont depuis longtemps déserté les plaines autour de la grande eau – mais son père lui a souvent parlé des grandes chasses de leurs ancêtres. Elles pouvaient durer une lune. Les chasseurs tuaient les bêtes qui s'étaient écartées du troupeau, de nuit, sans affoler le reste de la horde, et revenaient nuit après nuit.

Celui qui s'en prend à la tribu des Hommes-qui-savent agit de même. Il a trouvé un moyen assez efficace et assez discret pour tuer sept hommes en une lune sans être vu une seule fois. Il reproduit ses attaques et continuera tant qu'il trouvera des proies isolées. Il n'y a pas de raison que cela cesse.

— Notre père a fait poster un deuxième guetteur à chaque entrée après la mort de Boor, et ordonné qu'ils se tiennent en retrait de plusieurs pas pendant les gardes, pour se mettre à l'abri.

— Ça n'a pas empêché Mej et Gaâ de mourir de la même façon, commente Haoud.

– Et Ifa, la nuit dernière.
– Près du camp, eux aussi ? demande Mounj.
– Oui, mais à l'autre entrée de la grotte.
– Allons-y.

chapitre huit

UNE SAGAIE SORTIE DE LA NUIT

Les trois hommes traversent le camp sans s'arrêter pour emprunter le long tunnel sous la terre. On les regarde passer en se demandant ce qu'ils trament. La tribu a repris ses activités mais l'anxiété est perceptible.

– Qui était de garde avec Mej et Gaâ quand ils ont été tués?

– Té et Pè.

– Je veux leur parler.

– Ils sont là, dit Haoud en désignant les silhouettes des deux chasseurs à l'entrée du tunnel.

Mounj découvre la forêt d'où il a émergé quelques jours auparavant, alors qu'il venait d'être fait prisonnier. D'ici, on domine tout le vallon, la rivière qui serpente à travers les hêtres et les charmes, et tout au loin, la vallée qu'il a traversée la veille de sa capture. Il est d'autant plus facile pour le tueur de frapper de ce côté de la grotte que la forêt est dense.

— Raconte à l'Homme-qui-dessine comment Mej a été tué, ordonne Haoud au plus jeune des deux chasseurs, tout juste sorti de l'enfance.

Il prend des airs de guerrier mais sa lance est plus épaisse que lui.

— J'étais assis ici, sur cette pierre. Mej était debout, là. Tout à coup, il y a eu un bruit sourd. Il a poussé un petit cri et il s'est écroulé.

— Tu n'as rien vu? interroge Mounj.

— Je n'ai même pas vu la sagaie le frapper. Il était debout, il me parlait, l'instant d'après il était à terre.

— Est-ce que tu as entendu un bruit avant? Un cri, un signal?

— Juste le bruit de la sagaie qui fendait l'air. Mais ce n'est qu'après l'avoir vue plantée dans la poitrine de Mej que j'ai compris de quoi il s'agissait. Elle est sortie des arbres, comme un oiseau de nuit.

L'enfant-chasseur a dit cela en lançant un regard inquiet vers l'étendue touffue, impénétrable au regard.

— Tu es certain que la sagaie venait de la forêt?

— D'où veux-tu qu'elle soit venue? Du camp? s'énerve Haoud. Tu insinues que l'un de nous pourrait être le tueur?

Mounj ne relève pas et continue à réfléchir tout haut:

– Si la sagaie a été lancée depuis la forêt, c'est que...

Il simule le geste d'un chasseur, imagine la trajectoire de la sagaie, estime les distances, puis fait une moue dubitative. Maï parle pour lui :

– C'est impossible. Il n'y a pas de chasseur assez fort pour lancer d'aussi loin.

Mounj considère l'espace qui les sépare de la forêt.

– Pourtant, le tueur l'a fait ! Son tir est non seulement assez puissant, mais il est précis. Le tueur ne s'en prend qu'à des hommes ; il n'a touché ni femme, ni enfant, ni vieillard.

– Il est aidé par la magie, c'est certain, en déduit Haoud.

Mounj hausse les épaules :

– Ne me dis pas que tu crois que les sagaies volent seules !

Le jeune homme belliqueux réfrène un geste d'agacement. Mounj n'y prête pas attention et continue à observer les environs, comme si les arbres savaient et pouvaient parler.

Il finit par se dire que peu importe de savoir comment le tueur a fait pour lancer si fort et avec autant de précision, il faut chercher à savoir pourquoi il s'en prend aux chasseurs d'un clan qui vit en paix. La réponse viendra des humains, pas de la forêt.

Il se détourne de l'étendue verte et s'adresse aux quatre Hommes-qui-savent :

– Je veux parler aux familles des morts.

– Pourquoi ? demande Haoud, suspicieux.

– Ils avaient peut-être des ennemis. Leurs familles sauront me le dire.

– Ils n'avaient pas d'ennemis. Ils étaient des Hommes-qui-savent, les Hommes-qui-savent sont pacifiques.

– Je veux tout de même parler à leurs femmes, ou leurs parents.

– Faisons ce qu'il nous demande, suggère Maï, plus conciliant que son frère. L'Homme-qui-dessine ne connaît pas les nôtres, il se fera une opinion lui-même.

chapitre neuf

LÂ

Les trois hommes laissent Té et Pè à la garde de la grotte et empruntent une nouvelle fois le tunnel pour regagner le camp. Les allées et venues du petit groupe continuent à intriguer les membres de la tribu. On jette des coups d'œil dans leur direction, on interrompt sa besogne pour les observer et on s'interroge sur ce que prépare l'Homme-qui-dessine. Mounj sent les regards pleins de défiance. Seuls les enfants s'amusent de la présence de cet étranger que les grands voulaient tuer un peu plus tôt et qui parle maintenant avec Haoud et Maï comme si c'était lui le chef.

La curiosité grandit quand les trois hommes s'approchent du feu auprès duquel sont réunis les membres de la famille de Huiin.

– L'Homme-qui-dessine veut te parler, Lâ, dit Maï à

une jeune femme en train de plumer un oiseau si petit qu'il ne lui fera pas plus d'un repas.

Elle est pleine ; son ventre rond devrait donner un enfant dans moins de deux lunes, estime Mounj.

– Pô est le frère de Huiin, c'est lui l'homme de Lâ maintenant. Il nourrira ses enfants, dit Maï en désignant un chasseur bien trop jeune pour s'occuper d'une femme avec trois enfants et bientôt un quatrième.

Mounj le détaille : il ne doit pas avoir plus de onze hivers, les poils de sa barbe sont encore un fin duvet et les muscles de ses jambes ne sont pas plus épais que ceux d'un bras d'homme. À ses côtés, deux garçons pleins de vie jouent avec un crâne de chien alors qu'un petit d'à peine un hiver s'accroche au sein de Lâ. Mounj regarde les enfants s'amuser et pense à ceux de sa tribu. Il est assailli par des visions d'êtres malingres qui naissent malformés et meurent trop tôt. Le camp bruyant des Hommes-qui-savent lui rappelle combien le sien était silencieux et vide quand il l'a quitté. Les enfants qui jouent devant lui sont peut-être ceux qui verront l'extinction des siens. Lâ et sa grossesse sont une provocation pour un Homme-droit dont le peuple se meurt. Il chasse de son esprit ces pensées morbides.

Huiin, l'homme de Lâ, a été le premier à mourir ; il y avait peut-être une raison à cela, se dit Mounj. Il espère qu'en la questionnant, il trouvera. Il s'assied auprès d'elle.

Maï l'imite et s'installe près du feu à son tour. Haoud reste debout et un peu en retrait. Lâ fixe l'Homme-qui-dessine sans dire un mot. Mounj y voit de la défiance ; il croit en connaître la cause :

– Ce n'est pas moi qui ai tué ton homme.

Elle demeure muette.

– Il faut que tu m'aides à trouver le coupable.

Les deux aînés se disputent le crâne de chien. Ils font trop de bruit au goût de Haoud qui tape du pied pour les faire taire ; sans effet. Leur mère lui lance un regard noir puis donne aussitôt à ses enfants l'ordre d'aller jouer plus loin. Elle leur met une taloche à chacun et ils s'éloignent enfin. Le bébé tète toujours.

– Huiin avait-il un ennemi dans le clan ?

Lâ garde le silence, l'air buté, tandis que Pô, prenant son nouveau rôle d'homme très au sérieux, répond à sa place en bombant le torse :

– Mon frère Huiin était respecté de tout le monde.

Mounj guette une réaction de Lâ, mais elle persiste dans son mutisme. Pô insiste :

– Personne dans la tribu ne te dira le contraire.

– Ce n'est pas à toi que je pose la question, rétorque Mounj.

Le garçon, blessé, hésite à manifester son mécontentement, cherche le soutien des fils du chef, mais ceux-ci ont décidé de laisser faire l'Homme-qui-dessine.

– Est-ce qu'il s'était disputé avec quelqu'un avant d'être tué?

– Réponds, Lâ, l'encourage Maï.

La jeune femme se décide enfin :

– Disputé?

– Pour une tête de gibier ou pour... parce qu'un chasseur t'aurait manqué de respect, par exemple?

– Les hommes de notre tribu ne nous manquent pas de respect, lance-t-elle en le défiant du regard.

Mounj ne répond pas à la provocation :

– As-tu remarqué si quelqu'un était absent dans la tribu le jour où il a été tué?

– Non, tout le clan était là, répond-elle abruptement.

– Comment peux-tu en être si sûre?

– Je sais ce que tu cherches, mais le tueur n'est pas parmi nous, assène-t-elle plus sèchement encore. Notre chef se trompe en te laissant en vie !

Sur ce, elle se lève en emportant son nourrisson. Ses deux garçons, qui se tenaient toujours hors de portée d'une fessée, la rejoignent alors qu'elle s'éloigne du feu.

Haoud triomphe :

– Les nôtres ne t'aiment pas, Homme-qui-dessine. Malgré les égarements de mon père, ils savent qu'un Homme-droit est la cause de notre malheur. Comme moi, ils pensent que c'est toi, et qu'on aurait dû te tuer depuis longtemps.

Maï reprend son frère :

– Tu oublies que l'Homme-qui-dessine est là pour nous aider.

Puis, s'adressant à Mounj, il ajoute :

– Les autres femmes réagiront de la même façon. Personne ne peut penser que le tueur est un membre du clan.

– Pourquoi ?

– Prendre la vie des humains n'est pas dans nos coutumes. Nous ne chassons que le gibier, pour nous nourrir.

– Il n'y a jamais de combats parmi vous ?

– Nos lois nous l'interdisent. Quand il est devenu chef, notre père a décidé que les hommes n'auraient plus le droit de se battre, explique Maï.

– Tous respectent ces lois ?

– Seuls les fous ignorent les lois de la tribu, et il n'y a pas de fous chez nous, s'empresse d'affirmer Haoud.

– Er est fou, le contredit Maï. Mais il n'est pas méchant. Il est resté un enfant. Il ne sait pas se servir d'une lance ; il ne chasse même pas.

Mounj réfléchit :

– Votre tribu a déjà été en guerre contre d'autres tribus ?

– Non. Nous sommes une horde pacifique, assure Maï.

– Notre tribu est la seule qui vive dans ces montagnes, intervient Haoud. Il y avait des Hommes-droits, mais nous étions en paix avec eux. C'est un mal mystérieux qui les a fait disparaître petit à petit.

En entendant cette cruelle réalité, le cœur de Mounj se serre. Il n'en laisse rien paraître cependant. Pour le moment, il doit oublier sa quête et la malédiction qui frappe son peuple, il ne doit penser qu'au tueur, le démasquer et l'attraper... Pour sauver son peuple, il doit lui-même rester en vie.

Près du feu, un morceau de viande posé sur une pierre plate sèche lentement en dégageant un fumet qui rappelle à Mounj qu'il n'a rien mangé de chaud depuis longtemps.

Maï a deviné ses pensées :

– Tu as faim ?

– Oui.

– Notre sœur a dû finir de vider les lapins que j'ai ramenés hier. Allons manger.

chapitre dix

LES DOUTES DE DJUB

L'escorte se glisse entre les foyers. Le camp en compte plus qu'il n'y a de doigts sur les deux mains. Autour de chaque feu, autant de familles ; des hommes qui affûtent leurs armes, des femmes qui fabriquent des aiguilles dans des osselets pour assembler des fourrures que leurs hommes porteront sous la neige, des enfants qui s'initient à l'art de fabriquer des pointes de lance. Vieillards et nouveau-nés partagent les mêmes jeux, parents et enfants taillent ensemble les pierres qui serviront à dépecer les prises des chasseurs.

Çà et là, les Hommes-qui-savent ont dressé des peaux de renne ou d'aurochs sur des branches d'arbre adossées à la paroi. L'hiver approchant, le clan se prépare aux grands froids. Les fumées du camp s'engouffrent dans le long tunnel sous la montagne, qui les avale pour les recracher à l'autre extrémité. C'est ainsi que Mounj en avait détecté l'odeur le matin où il est arrivé dans le vallon, avant d'être capturé.

Les trois hommes s'arrêtent devant le feu de la famille du chef. Il y a là des enfants de tous âges. Près du chef, une vieille femme qui doit être sa femme et une fille un peu plus jeune que Maï s'affairent à racler des peaux. Djub est assis et mord énergiquement dans une carcasse de lapin.

– Alors? demande-t-il sans cesser de mastiquer, ce qui met l'eau à la bouche de Mounj. As-tu trouvé quelque chose que nous n'avons pas vu?

Maï s'accroupit et sort une patte des braises pour la tendre à Mounj. Celui-ci se rue dessus. Après le régime sec des derniers jours, la viande grillée lui fait l'effet d'un festin.

Haoud montre ostensiblement qu'il désapprouve l'attitude amicale de son frère aîné. À ses yeux, il traite l'Homme-qui-dessine beaucoup trop en hôte et pas assez en prisonnier. Mounj est un ennemi de leur clan, on ne sympathise pas avec un ennemi!

– Pour l'instant, non, finit par admettre Mounj.

Le chef, sans cesser de manger, le prévient:

– Tu n'as que quelques jours pour trouver le tueur. Tu perds ton temps en le cherchant parmi nous.

Mounj commence à se dire qu'ils ont peut-être raison. Mais comment faire? Si le tueur n'est pas parmi eux, et s'ils sont les seuls humains à vivre dans ces montagnes... où chercher?

– Quelque chose a dû se passer, dit-il sur un ton qui intrigue le chef.

– Quelque chose?

– Quelque chose de grave.

– Qui a offensé les esprits?

– Qui a offensé quelqu'un.

– Quelqu'un?

– Quelqu'un qui s'en prend à vous maintenant.

L'inquiétude sur le visage du chef répond au ton énigmatique de l'Homme-qui-dessine.

– Mon clan n'a offensé personne. Nous sommes...

– Un peuple pacifique. Je sais, tes fils me l'ont dit.

Le silence retombe et on n'entend plus que le bruit des mâchoires qui déchiquettent la viande. Mounj observe Maï et Haoud à la dérobée; il est une nouvelle fois frappé par la ressemblance entre le chef et son aîné. Pourtant, si celui-ci a hérité des traits de son père, il n'a pas son goût du commandement qui est généralement l'apanage du premier fils. Haoud, au contraire, pourrait être l'enfant d'un autre mais il a pris de Djub l'autorité d'un futur meneur.

Mounj profite de ce moment de silence pour faire part au chef de son inquiétude:

– Le tueur va continuer à tuer si la tribu ne se met pas à l'abri.

– À l'abri? Quel meilleur abri que la grotte?

– Le tueur n'a jamais atteint l'un de nous sous la grande voûte, confirme Haoud.

– Jusqu'à maintenant. Mais il pourrait s'approcher et tuer pendant votre sommeil. On sait ce qu'il a fait, on ne sait pas ce qu'il fera plus tard.

– Où trouver refuge, alors? demande Djub.

– Dans les galeries.

Le père et ses fils réagissent en même temps :

– Impossible. Les galeries sont sacrées.

– Vous m'y avez enfermé pourtant.

– Tu étais dans la tanière de l'ours. Nous y envoyons nos jeunes chasseurs quand ils manquent de respect à nos anciens et qu'ils ont besoin d'apprendre à obéir. Haoud y a déjà été, dit Djub en se tournant vers son plus jeune fils. Il arrive aux sages de s'y retirer. Son obscurité et son silence sont propices aux rêves éveillés, mais elle est trop basse et trop petite pour la tribu.

– Les galeries manquent d'aération ; on y meurt étouffé si on allume des torches, dit Haoud.

– La tribu peut vivre dans le noir pour un temps, propose Mounj.

– Non, c'est trop dangereux, Womb est pleine de pièges et de crevasses.

– Womb?

– C'est le ventre de la terre, notre mère à tous.

Djub s'est fait solennel tout à coup. Sans se figurer exactement ce qu'est Womb, Mounj comprend que la grotte représente ce qu'il y a de plus précieux pour les Hommes-qui-savent. Il attend avant de proposer :

– Et la première galerie, celle qui mène à la salle qui ressemble à un puits ? Elle est assez haute pour qu'on s'y tienne debout.

– Toute la tribu ne peut pas y tenir et l'entrée n'est pas assez large pour évacuer la fumée d'un feu.

– Pas besoin de feu, il ne fait pas froid dans la galerie. Et puis, c'est provisoire, le temps que je trouve le tueur.

– Mon peuple ne peut pas vivre comme des chauves-souris. Les hommes doivent chasser, les femmes travailler les peaux et faire griller la viande...

– Le tueur n'attaque jamais pendant la journée, la tribu n'aurait à se mettre à l'abri que la nuit.

– Il use de magie. Rien ne l'empêchera de nous atteindre, même au plus profond de la terre, arguë Haoud.

– Si plus aucun homme ne meurt, ce sera la preuve que la magie n'a rien à voir avec ces morts, insiste Mounj.

Le chef considère la proposition de l'Homme-qui-dessine :

– Je n'aime pas que mon peuple ait à se cacher.

Mounj sait ce que redoute Djub : que sa horde voie dans une telle retraite un aveu d'impuissance. D'ailleurs, le chef ajoute :

– La peur va s'installer chez les miens si nous faisons cela.

– Ils ont déjà peur.

– Mon peuple a confiance, Womb nous protège.

– Ton peuple a peut-être confiance en Womb, mais plus en toi.

Djub s'étrangle. Haoud bondit sur ses pieds et brandit sa lance au-dessus de la tête de Mounj.

– Haoud ! Laisse ! ordonne son père.

Il se lève à son tour et se dresse entre son fils et l'Homme-qui-dessine. Il se plante devant ce dernier, le dominant de toute sa masse écrasante. Haoud disparaît littéralement derrière lui.

– Sache que ma patience a des limites. Je suis le chef de ce clan, tu n'es rien, je peux te briser comme ça.

Et pour montrer sa force, il broie le crâne du lapin d'une seule main. Puis il fait reculer son fils cadet qui abaisse sa lance mais bombe toujours le torse et fait rouler ses muscles sous sa peau ; tôt ou tard, il anéantira l'Homme-qui-dessine. Il n'est pas aveugle comme son père. Pour lui, la tribu ne retrouvera la paix que lorsque l'Homme-qui-dessine sera mort. Mounj sent le regard du jeune Homme-qui-sait le transpercer. Il décide d'ignorer

Haoud et prend le risque de provoquer davantage la colère du chef en plaidant auprès de lui :

– D'autres chasseurs vont mourir. Il est temps de protéger les tiens malgré ce qu'ils pourront en penser.

Devant tant de certitude, Djub est décontenancé. L'Homme-qui-dessine, pourtant si jeune, quinze hivers à peine, plus jeune que ses propres fils, agit comme s'il savait ce que le tueur allait faire. Mais surtout, il donne l'impression de vouloir réellement sauver des vies d'Hommes-qui-savent. Cela fait douter Djub qui semble sur le point de se laisser convaincre.

– Et ensuite ? Comment comptes-tu t'y prendre pour capturer le tueur ?

– Je trouverai un moyen. En attendant, il faut installer la tribu dans la galerie. Elle doit y dormir dès ce soir.

Le chef jette la carcasse décharnée du lapin dans le feu qui se met à grésiller. Haoud et Maï ont du mal à reconnaître leur père. Ils le voient hésitant et incapable d'adopter une position. C'est à croire que pour la première fois de sa vie, il a peur des conséquences d'une décision qu'il pourrait prendre.

– Je vais réfléchir. Je dois en parler au conseil.

Haoud comprend que son père vient d'accepter sans le dire. Il a du mal à se contenir, c'est la deuxième fois que le vieux chef fléchit depuis que l'Homme-qui-dessine a été capturé et amené au sein de la tribu. Quel chef laisse un prisonnier parler à sa place et avoue son impuissance à combattre une ombre qui a déclaré la guerre à son peuple? Il détourne la tête pour ne pas avoir à montrer sa rage. Mais déjà Djub s'éloigne, laissant là le prisonnier et ses deux fils médusés. Les femmes, qui les ont écoutés sans intervenir, échangent des regards inquiets. La tribu dans les galeries! Le danger est donc réel! Tout à coup, les sept morts prennent une signification dont la tribu n'avait pas conscience. Djub leur aurait-il menti en leur cachant la gravité de la situation, ou ne l'aurait-il pas comprise assez tôt?

Mounj devine leur panique. Il regarde autour de lui et s'aperçoit que les autres familles les observent; la peur gagne tous les foyers. Sans savoir ce qui se passe, la tribu sent qu'un drame est en train de se nouer.

Malgré tout, la femme et la fille du chef s'efforcent de poursuivre leurs tâches sans inquiéter les enfants. Mounj les regarde avec admiration. Elles lui rappellent les femmes de sa tribu qui, jusqu'au dernier souffle, soignaient, épouillaient et léchaient sans relâche leurs petits alors qu'ils mouraient dans leurs bras.

chapitre onze

WOMB

La réunion des anciens ne dure pas. Djub finit par ordonner que la tribu monte le camp dans la première galerie. Il ne fait pas allusion à l'Homme-qui-dessine et ne donne aucune raison à sa soudaine décision. Les Hommes-qui-savent ne sont pas dupes cependant, tous ont compris que c'est l'Homme-qui-dessine qui a eu cette idée. Djub affiche une telle mauvaise humeur que personne n'ose faire la moindre remarque.

Les femmes ont escaladé la paroi et pénétré dans cet espace obscur. Elles savent où il mène et hésitent à aller trop profond en direction de la salle du puits. Au-delà se trouvent les galeries interdites et les esprits du grand sommeil ; elles ne sont pas rassurées de se trouver là. Elles recouvrent le sol de peaux pendant que les hommes font des feux de fortune au pied de l'entrée de la galerie, à mi-chemin de l'une et l'autre entrées du tunnel, hors de portée des sagaies du tueur. Parce que toute la tribu ne peut pas tenir dans la galerie, il a été décidé qu'une partie des hommes seulement y dormiraient pendant que les autres monteraient la garde autour des feux.

Les flammes lancent de longues ombres sur les parois de l'immense tunnel parcouru par la rivière. Depuis le trou dans la paroi qui constitue l'entrée de la galerie, les enfants qui sont montés avec leurs mères écoutent les chasseurs parler gravement du danger qui menace la tribu. Les adultes évoquent des choses, des êtres, des animaux peut-être, des ombres et même des esprits... Les petits ignorent de quoi il retourne exactement mais ils comprennent que le clan est la cible d'un ennemi. Parmi eux, certains étaient les enfants, les frères ou les sœurs cadets de l'un des chasseurs tués par... cet esprit de la nuit.

Les plus jeunes, inconscients du danger qui a poussé la tribu à se réfugier ici, se réjouissent de dormir dans ce lieu habituellement interdit; ils s'émerveillent de voir la fumée des feux monter dans l'obscurité et ramper contre la voûte du grand tunnel. Ces reptiles inquiétants rendent la nuit étrange et magique. Puis, quand vient le moment où le soleil disparaît et où les humains s'endorment, ils rejoignent leurs mères dans la galerie pour se blottir contre elles.

Les hommes, quant à eux, n'ont pas sommeil. Les esprits des chasseurs dont les vies ont été prises rôdent encore autour d'eux ; la tribu traverse une épreuve, ils veulent faire face ensemble.

Pourtant, ils sont divisés : même s'ils n'osent exprimer leur désapprobation devant leur chef, certains pensent qu'il faudrait organiser une battue pour débusquer le tueur plutôt que se terrer comme des animaux ; d'autres estiment qu'il aurait fallu se réfugier dans le ventre de la terre mère plus tôt. Cependant, tous sont d'accord sur une chose : il n'est pas normal que le chef ait confié la défense du clan à un étranger.

Lorsque Djub les rejoint, sentant la grogne monter, il disperse le groupe en envoyant ceux qui ne sont pas de garde se coucher. Les membres du conseil montrent l'exemple et on doit aider les plus vieux à escalader le morceau de paroi qui mène à la galerie.

Dans l'obscurité, chacun trouve sa place comme il peut. Maï et Mounj partagent la même couche, toujours gardien et prisonnier. Côte à côte, ils attendent que la tribu s'endorme.

Haoud, lui, s'est installé près de l'entrée de la galerie. Il ne s'est même pas couché, préférant s'endormir en tailleur, sans se départir de son arme. Quiconque entrera ou sortira le réveillera, cela au cas où Mounj essaierait de tromper leur vigilance.

On entend çà et là des toux, le râle d'un enfant réveillé par son père qui vient de s'allonger, les grognements d'un chasseur qui saillit sa femelle, les pleurs d'un bébé avant que sa mère ne lui mette le sein à la bouche... Ce sont les bruits d'une horde! Mounj les écoute, bouleversé. Il est l'homme du souvenir : les rivières traversées, les tribus rencontrées, les plaines parcourues... Il les a toutes dessinées sur ses écorces et emportées partout avec lui dans son sac, pour que les humains se souviennent. Mais cette masse humaine qui dort là, il ne pourra jamais la dessiner. Même s'il ne lui appartient pas, ce peuple le ramène à son enfance et aux siens, à ce qu'il y a de plus profond en lui. C'est doux et douloureux à la fois. Il est le prisonnier des Hommes-qui-savent, un ennemi dont ils prendront peut-être la vie... Malgré cela, ce soir, il se sent l'un d'eux.

Maï ne dort pas non plus ; il se met à parler à Mounj, et ses paroles détournent ce dernier de ses pensées mélancoliques. Maintenant qu'ils sont seuls, le fils aîné du chef est différent. Il s'adresse à Mounj sur un ton amical qu'il n'adopte pas en présence de Haoud. Depuis le début, il montre moins d'agressivité que son frère. Pourtant, ce soir, dans l'intimité de leur couche, ce n'est pas seulement avec Haoud qu'il exprime sa différence, mais avec toute la tribu. Maï n'a jamais cru que Mounj était le tueur. Il ne partage pas non plus les croyances de la horde. Il ne peut pas le dire devant son père car ce serait aller contre sa parole; toute marque de sympathie envers l'Homme-qui-dessine serait considérée comme une trahison. C'est pour cela qu'il chuchote en racontant à Mounj l'histoire de son peuple :

— Une nouvelle fois, Womb nous protège.

— Pourquoi «une nouvelle fois»? Vous avez déjà été attaqués?

— Oui, par les loups. J'étais jeune mais je m'en souviens. Il n'y avait plus de gibier à cause d'un grand feu qui avait mangé la forêt. Les loups, tout comme nous, avaient faim. Tellement faim qu'ils n'avaient plus peur de nos torches ni de nos lances. Une nuit, nous avons dû nous réfugier ici, et depuis l'ouverture de la galerie, nous avons pu les repousser. Sans Womb, les enfants et les vieillards auraient tous été dévorés.

Leurs chuchotements finissent par déranger dans son sommeil la jeune femme qui dort à côté de Mounj. Elle se retourne en grommelant, puis s'abandonne à nouveau à la nuit dans un long soupir. Maï reprend plus bas :

— Il y a aussi cette fois où le clan s'est replié dans les profondeurs de la grotte pour ne pas mourir de froid. Je n'étais pas né, les anciens parlent d'un hiver si rude que même les feux gelaient.

— De nombreux Hommes-droits sont morts aussi cet hiver-là.

— Le bois manquait. Il était recouvert d'une couche de glace si épaisse qu'il était impossible de la casser. Womb nous a sauvés. Il ne fait jamais assez froid dans les galeries pour faire mourir un humain. Nous manquions de nourriture. La moitié de la horde a disparu cet hiver-là, emportée par la faim, mais l'autre moitié a survécu, grâce à Womb.

Maï s'est mis sur le flanc, Mounj sur le dos. Les bras repliés sous la tête, il attend le sommeil qui ne vient toujours pas. Comment dormir quand on va bientôt mourir?

Les deux hommes demeurent immobiles, chacun plongé dans ses pensées. La torche disposée à l'entrée de la galerie laisse deviner les corps sous les peaux. On les voit se soulever et s'abaisser à chaque respiration. Maï observe discrètement le profil de Mounj.

— As-tu une femme qui t'attend? finit-il par demander, rompant le silence.

Mounj est surpris par la question, mais il l'est encore plus par l'amertume dans sa propre voix alors qu'il répond:

— Non.

— Pourquoi vis-tu seul, loin des tiens?

Mounj a un moment d'hésitation.

— Je suis l'Homme-qui-dessine. Je parcours le monde et le dessine.

— Pour quoi faire?

– Pour le raconter aux miens. Pour dire où sont les montagnes, où vivent les humains.

– À quoi cela vous sert-il?

– À savoir.

– Savoir?

– Oui, c'est...

Mounj réalise l'inutilité d'une telle vie aux yeux d'un peuple comme celui de Maï. Quelle fonction un Homme-qui-dessine pourrait-il remplir chez les Hommes-qui-savent? Ses dessins ne se mangent pas, ils ne réchauffent pas les corps, ne repoussent pas les ennemis, ne parviennent même pas à guérir sa tribu du mal qui la ronge et décime ses rangs. Pour autant, personne parmi les Hommes-droits ne songerait à s'en passer. Au contraire, les dessins des Hommes-qui-dessinent sont devenus objets de culte.

– Savoir où commence et où finit le monde est important pour mon peuple.

– Tes dessins, ce sont les traces de cendre sur les écorces de bouleau qui étaient dans ton sac?

– Oui. J'espère que ton père ne les a pas brûlés.

– Non, il voulait mais il a eu peur de leur pouvoir.

– Même si vous me tuez, il faudra conserver mes dessins.

– Ils sont si précieux? Ce sont eux qui t'empêchent de prendre femme?

– Ma tribu ne compte plus assez de femelles. J'en cherche une depuis trois hivers. Quand je suis arrivé au pied de vos montagnes, j'avais espoir de découvrir de nouvelles tribus d'Hommes-droits.

– Haoud ne mentait pas quand il t'a dit qu'il n'y en a plus par ici.

– Tu en as connu, toi?

– Oui. Il n'y a pas longtemps qu'ils ont disparu, l'hiver dernier seulement. Nous vivions en paix avec eux mais un mal étrange dévorait leurs enfants. À la fin, il ne restait plus qu'une ou deux familles. On croisait les hommes de temps en temps à la chasse. Ils étaient si faibles qu'il nous arrivait de leur laisser le gibier que nous avions abattu parce qu'ils n'étaient plus capables d'en tuer eux-mêmes. On ne disait rien à mon père parce qu'il nous interdisait de les aider.

– Pourquoi?

– Il pensait qu'il fallait les éviter. Il craignait que leur mal puisse nous atteindre.

– Il a peur de moi aussi alors?

– Non. Tu n'es pas faible et maladif comme ils l'étaient.

– Et pourtant, les miens disparaissent.

Mounj se tait et Maï, compatissant, respecte son silence.

– Comment meurt-on quand on est offert à Womb? reprend l'Homme-qui-dessine.

Maï se redresse sur un coude et pose une main qui se veut rassurante sur l'épaule de l'étranger :

– Tu as encore six jours pour trouver le tueur. Tu réussiras.

– Dis-moi comment je mourrai, insiste Mounj.

Ce n'est pas la voix de Maï mais celle de Djub qui s'élève pour lui répondre, aussi noire et inquiétante que la nuit :

– Nous arracherons tout ce que tu as à l'intérieur de toi, nous le brûlerons et en jetterons les cendres à la rivière. Le plus vieux de nos sages lira les signes que formeront les cendres dans l'eau, et il nous dira si Womb est satisfaite. Puis le reste de ton corps sera brûlé. Et si mon fils ne se tait pas maintenant, il te rejoindra au pays des rêves.

– Père...

– Silence. Tu es censé surveiller le prisonnier, pas discuter avec lui. Prends exemple sur ton frère.

C'est le chef autant que le père qui a parlé. Maï, impuissant face à l'un comme à l'autre, s'allonge docilement sans ajouter un mot ; Mounj fait de même.

Les dormeurs reprennent possession du vide, leurs borborygmes renvoyant les pensées funestes de Mounj à la torpeur de la galerie. Là-bas, sur sa couche, le chef tend l'oreille : son fils et l'Homme-qui-dessine semblent s'être enfin décidés à dormir. Pourtant, Mounj ne veut pas se laisser prendre par le sommeil, il veut penser au tueur et à rien d'autre. Dans quelques jours peut-être, une tribu dont il n'avait jamais foulé le territoire auparavant lui prendra la vie à cause d'une ombre, un être dont la folie ou la colère l'a entraîné, lui, le dernier Homme-qui-dessine, vers une issue fatale. Il ne veut pas mourir sans connaître le visage de cet homme, sans savoir pourquoi il tue. Il songe à ses ancêtres, à tout ce qu'ils savent et ont acquis au prix de millions de pas, sur tous les terrains, par tous les temps, en dépit des dangers ; aux piles de feuilles d'arbres conservées dans leur grotte, entretenues, renouvelées. À ses propres écorces de bouleau sur lesquelles figurent trois hivers de voyage. Il pense aux saisons de solitude. À sa solitude, inacceptable et pourtant irrémédiable. Tous ces efforts, ces sacrifices risquent d'être ruinés parce qu'un chasseur d'hommes s'en prend aux Hommes-qui-savent... À moins qu'il ne le débusque avant qu'il ne soit trop tard. Mais comment combattre un ennemi que l'on n'a jamais vu, dont on ne connaît rien ?

À défaut de savoir à quoi il ressemble, Mounj peut l'imaginer et essayer de penser comme lui. Il doit se mettre à sa place : que ferait-il, lui, en découvrant que le clan s'est réfugié dans la grotte ?

J'attendrais.

Prendrait-il le risque de se mettre à découvert pour s'approcher ? Pénétrerait-il dans le tunnel pour frapper les Hommes-qui-savent ?

Non. J'attendrais qu'ils se lassent de dormir dans la galerie et qu'ils en sortent.

Attaquerait-il de jour?

Non, j'attendrais que la vigilance des Hommes-qui-savent se relâche. Tôt ou tard, une proie commet une faute.

Attendre. Le chasseur patient est toujours récompensé.

Mounj se dit que priver le tueur de cible n'était pas une bonne idée. S'il cesse ses attaques, il n'en sera que plus difficile à capturer. D'un autre côté, les Hommes-qui-savent n'accepteront pas de perdre un chasseur de plus. Il doit trouver un moyen d'attirer le tueur sans les mettre en danger. Il faut lui tendre un piège, et pour cela, utiliser un appât. L'idée qui lui traverse l'esprit est celle du mouflon qu'on attache à un pieu et qu'on laisse bêler pour attirer le longues-dents. Quand celui-ci sort des buissons pour dévorer l'animal apeuré, les chasseurs à l'affût dans les arbres le transpercent de leurs sagaies ou le lapident. Mounj pense aussi aux aurochs que les siens attiraient dans d'immenses trous creusés dans la glaise, dissimulés par des branchages. Les géants y tombaient et leur masse les empêchait d'en ressortir; ce qui faisait leur force devenait leur faiblesse: les humains minuscules se ruaient alors en nombre et les tuaient, sans risque, en dansant autour de leur ennemi furieux.

Un appât et un piège! Amener le tueur à sortir de la forêt en lui offrant une proie, sans exposer les Hommes-qui-savent.

Il ne sait pas encore comment, mais il sait ce qu'il cherche désormais.

Satisfait, il peut fermer les yeux et s'endormir. Les jours à venir seront longs et il aura besoin de toutes ses forces.

chapitre douze

LES FAUX-HOMMES

Mounj est réveillé par des chants terrifiants en provenance du ventre de la terre, de ces galeries que les Hommes-qui-savent appellent Womb. C'est indistinct et lointain, cela vient d'au-delà de la salle en forme de puits, de plus loin encore que la tanière de l'ours. Mounj se souvient de ce qu'on lui a expliqué : le chant des morts a commencé, le chaman mène la cérémonie du grand sommeil pour Ifa.

Le soleil n'est pas levé mais toute la tribu est debout. En émergeant de la galerie, Mounj trouve les chasseurs autour des feux, dont les deux fils du chef qui l'attendent au pied de la paroi, arme au poing. Les femmes s'activent déjà. L'une d'elles casse des noix et en tend une poignée à Mounj qui s'installe près d'elle et commence à dépiauter les fruits. Petit à petit, le clan se rassemble autour du feu pour se réchauffer, partager quelques racines et des fruits secs.

Mounj mange en silence. Les Hommes-qui-savent parlent à voix basse en l'observant.

– Quand pourrons-nous sortir de la grotte? demande l'un d'eux à Djub. Nous ne pouvons pas rester ici toute la journée.

– Dès que le soleil sera sorti, le clan pourra reprendre ses tâches habituelles.

Le coup d'œil jeté par leur chef du côté de l'Homme-qui-dessine avant de répondre n'a pas échappé aux Hommes-qui-savent. Cependant, ils se renfrognent sans insister. Ils reprennent leur attente ou retournent à leur mastication. Jamais ils n'ont trouvé la nuit si longue; chacun est impatient d'échapper aux chants que l'on distingue malgré le bruit de la rivière. Les Hommes-qui-savent ne sont pas censés les entendre.

Djub laisse les conversations reprendre, puis vient s'asseoir à côté de l'Homme-qui-dessine pour lui demander :

– Et maintenant, que comptes-tu faire?

– J'ai une idée.

Mounj sait que le chef a besoin de lui et qu'il le déteste pour cela. Il en va de même pour le reste de la tribu. Il se dit que s'il trouve le tueur, il sera épargné, peut-être même adulé, mais pour l'instant, chasseurs et sages du conseil supportent mal de se voir suspendus aux décisions d'un étranger... Djub plus que les autres. Certains cachent mal leur hostilité; ils dévisagent leur chef avec la même arrogance que celle qu'ils réservent à Mounj, comme si pour eux, il était soudain devenu un vieux fou qui n'effraie plus personne. Haoud, son propre fils, fait partie de ceux-là bien sûr. Mounj surprend les coups d'œil qu'il échange avec ses compagnons les plus jeunes, les plus fougueux, les plus désireux de manifester leur virilité et leur bravoure, quitte à défier leur chef.

– Je vais montrer à la tribu ce qu'elle doit faire, annonce Mounj pour rompre un silence pesant.

Il quitte le cercle du feu et se dirige vers le trou où la tribu se débarrasse de ses détritus, à l'entrée de la grotte, tout près de la rivière. Maï et Haoud le suivent pas à pas. Là, Mounj se met à quatre pattes et entreprend de fouiller les reliquats de repas, les éclats de silex et les chutes de peaux. Il en extrait divers ossements, plus ou moins vieux, qu'il rejette un par un, pour finalement retenir un crâne de mouflon. Sans donner d'explications, il s'en va en direction de la forêt, Maï et Haoud toujours sur ses talons. Très vite, il disparaît dans le tunnel. Dans la tribu, c'est la stupeur. La tentation est grande de suivre l'Homme-qui-dessine, mais on n'ose pas quitter l'abri avant le lever du soleil, puisque Djub l'a interdit.

Quand les trois hommes réapparaissent enfin, Mounj tient un bout de bois dans chaque main et il a fiché le crâne de mouflon à l'extrémité de l'un d'eux. Haoud et Maï ont, quant à eux, les bras chargés de touffes d'herbe. La tribu les regarde approcher, médusée. Elle se rassemble autour du feu pour découvrir les intentions de l'Homme-qui-dessine. Celui-ci révèle son plan :

– Pendant la journée, la horde peut regagner le camp, et les hommes partir à la chasse. Mais jamais seuls ! Vous devez vous déplacer par groupes de trois, pas moins.

– À quoi sert de passer la nuit dans la galerie si c'est pour sortir pendant la journée ? demande une femme.

Un murmure d'approbation parcourt la horde.

– Nous ne risquons rien dans la journée.

– Ça veut dire que la tribu rejoindra la galerie tous les soirs ? lance à son chef un chasseur agacé.

Mais c'est l'Homme-qui-dessine qui répond :

– Jusqu'à ce que nous capturions le tueur.

– Comment ? questionne l'un des sages, peu convaincu.

– Nous allons lui tendre un piège.

Ses paroles provoquent une volée de protestations que Mounj ignore. Il continue :

– Nous sommes en sécurité dans la grotte, mais si nous restons ici, nous ne le débusquerons jamais. Le tueur attaque vos hommes quand ils sont à la chasse ou quand ils montent la garde la nuit. Nous devons le pousser à attaquer à nouveau, et le capturer au moment où il frappe.

– Comment comptes-tu l'attirer?

– En laissant deux gardes à chaque entrée de la grotte.

– Tu dis toi-même que c'est dangereux. C'est pour ça que nous avons pris refuge dans la galerie, non?

– Je propose qu'on fasse monter la garde à l'Homme-qui-dessine, dit Haoud. Si quelqu'un doit se faire tuer, autant que ce soit lui.

– Personne ne se fera tuer, parce que personne ne montera la garde, lance Mounj.

C'est l'incompréhension parmi les Hommes-qui-savent. On se demande s'il n'est pas devenu fou.

– Nous allons lui faire croire que nous dormons toujours dans le camp, et que la grotte est gardée à chaque entrée, comme d'habitude.

On le regarde avec méfiance; on ne voit pas où il veut en venir. Sans un mot, il verse un peu d'eau sur le sol et malaxe la terre jusqu'à obtenir un mélange assez mou pour en badigeonner le crâne de mouflon, et assez dur pour tenir en place une fois étalé. Il lie ensuite les deux morceaux de bois ramassés dans la forêt à l'aide d'une lanière de cuir. Il prend la peau de renne qu'il a sur les épaules et la jette sur le morceau de bois tenu à l'horizontale. Il emprunte à une femme une aiguille en os et un fil de boyau avec lesquels il assemble les deux pans de sa fourrure avant de la bourrer d'herbe. Flanqué d'une lance de chasseur, le mannequin ressemble vaguement à un homme. Les Hommes-qui-savent, bouche bée, viennent d'assister à la naissance, sous les mains de l'Homme-qui-dessine, de cet objet étrange et inquiétant. Ils écoutent maintenant ses explications en silence :

– On fabrique plusieurs de ces faux-hommes. Au moment où la nuit arrive, on les installe sur un rocher, comme s'ils montaient la garde. On allume quelques feux à l'entrée de la grotte et on met autant de faux-hommes que possible, certains assis, d'autres couchés. On recrée un clan à la tombée du jour.

Seule la poignée de jeunes chasseurs menés par Haoud, encouragés dans leur désir d'insoumission à l'Homme-qui-dessine, refusent de se laisser impressionner par sa démonstration. L'effet de sa trouvaille sur la tribu les met hors d'eux :

– Des hommes d'herbe pour se battre pendant que nous restons terrés ici! se gausse Haoud.

Mounj l'ignore et continue à exposer son plan sans répondre à ses provocations. Il saisit une brindille et se met à dessiner dans l'argile qui recouvre le sol.

– Lorsque la nuit sera tombée, nous nous glisserons hors de la grotte et nous posterons à l'affût de part et d'autre du tunnel; cinq hommes répartis en demi-cercle autour de chaque entrée, tous les quinze ou vingt pas.

– Nous allons devoir faire ça tous les soirs?

– Ça ne durera pas. Le tueur a frappé sept fois en une seule lune. Je suis certain qu'il essaiera encore ce soir, ou peut-être demain.

– Qu'est-ce qu'on fait s'il vient?

– Il attaque depuis le couvert de la forêt. Si nous y sommes avant lui, nous l'entendrons venir. Il nous faut être complètement invisibles, et silencieux. Dès que sa sagaie frappera l'un des faux-hommes, nous aurons très peu de temps pour intervenir. Il faudra jaillir de nos cachettes et lui tomber dessus avant qu'il ait le temps de s'enfuir.

– Et s'il frappe de jour?

– Il ne l'a jamais fait si près de la grotte.

D'un coup d'œil rapide, le chef consulte les sages. Ce que propose l'Homme-qui-dessine est hasardeux mais ils n'ont pas de meilleure idée. Chacun d'entre eux, à tour de rôle, approuve l'invention de Mounj. Haoud veut intervenir mais son père se lève et d'une voix qui a retrouvé toute son autorité, il annonce:

– Il sera fait selon les plans de l'Homme-qui-dessine.

Puis, pour calmer les chasseurs qui grognent, mécontents de devoir obéir à un étranger, il ajoute:

– Si un seul Homme-qui-sait périt par sa faute, je tuerai l'Homme-qui-dessine de mes propres mains. Maintenant, que les hommes aillent chasser par groupes de trois.

À défaut d'être convaincus, ils s'exécutent. Ils préparent leurs armes et se mettent en marche vers la sortie de la grotte. Pendant ce temps, Mounj rassemble les femmes et les enfants. Il donne les ordres et organise les tâches : les enfants sont chargés de trouver autant de crânes que nécessaire et de les recouvrir de terre. Les plus jeunes ont pour consigne de ramasser des bouts de branche, d'arracher de l'herbe, et d'apporter le tout à leurs mères et leurs sœurs dans la grotte.

Celles-ci doivent demeurer cachées dans la pénombre du tunnel pour ne pas être vues du tueur qui pourrait épier les activités du camp et comprendre ce qui se trame. Des enfants qui récoltent du bois et de l'herbe, ça peut laisser penser que la tribu se prépare à passer de nombreuses nuits à l'abri de la grotte et aménage la galerie, mais des femmes fabriquant des faux-hommes attireraient la suspicion du tueur.

Rapidement, elles se mettent au travail pour assembler les différentes parties des appâts. Certaines font preuve d'une telle habileté et fabriquent un premier faux-homme si ressemblant à un Homme-qui-sait que même en plein jour, on pourrait le confondre avec un chasseur. Les enfants continuent à faire des allers-retours, les bras chargés d'herbe, pendant que leurs mères en font des tas serrés dont elles fourrent des peaux maintenues fermées par une couture grossière. Mounj surveille l'avancée des travaux. Le soleil est encore haut lorsqu'un deuxième faux-homme rejoint le premier, posé fièrement sur un rocher près du feu. Mounj tombe en arrêt devant les deux silhouettes. Les femmes ont réussi à donner des contours humains aux crânes des animaux ; l'une d'elles a même l'idée de se couper quelques mèches de cheveux et de les planter dans la glaise en haut de la tête. Il n'aurait pas soupçonné de tels talents chez des Hommes-qui-savent ; elles ne se contentent pas de donner forme à la terre, elles lui donnent vie. Lui-même n'avait vu dans les faux-hommes qu'un stratagème pour vaincre un ennemi, alors que les Femmes-qui-savent leur ont trouvé une autre utilité : quelque chose que Mounj n'arrive pas à nommer. En les regardant, il ressent une joie semblable à celle qu'il a eue, il y a quelques jours, alors qu'il profitait du soir qui tombait calmement sur le petit vallon. Il reconnaît ce plaisir au fond de lui mais ne le comprend pas mieux. Une nouvelle fois, il est démuni, à court de mots. Il observe les femmes en train d'admirer leur travail.

– C'est beau, dit une femme à sa fille.

Il comprend, à leurs sourires, qu'elles éprouvent le même sentiment que lui, mais il ne comprend pas ce mot, «beau». Il ne l'a jamais entendu, et ne saurait le traduire dans sa langue.

– Oui, presque aussi beau que les peintures sacrées.

À peine la jeune fille a-t-elle fini sa phrase qu'elle met sa main sur sa bouche. Elle se tourne vers sa mère qui lui lance un regard noir. C'est trop tard, l'étranger a entendu! Mounj, dont la curiosité a été excitée, veut en apprendre davantage sur ces peintures sacrées, mais la mère et sa fille trop bavarde s'éloignent aussitôt. Il vient de comprendre qu'il est loin de tout connaître sur les Hommes-qui-savent. Il y a des choses dont il ne faut pas parler devant lui, qu'ils conservent dans un lieu secret. Des peintures aussi précieuses que ses dessins? Auraient-elles un rapport avec les morts inexpliquées dont la tribu est victime?

Mounj retourne auprès des autres femmes qui continuent à fixer, bourrer, coudre les peaux de mouflon pour en faire des chasseurs au repos, de garde, assis ou allongés.

Quand le soleil commence à baisser dans le ciel, cinq faux-hommes supplémentaires ont été fabriqués, ce qui porte leur nombre à sept en tout. On les dispose autour du feu, à la place des sages et du chef : l'illusion est parfaite, même de près. Les enfants courent en tous sens autour de l'étrange assemblée. Les plus courageux s'aventurent à toucher ces humains immobiles. Alors que les derniers hommes rentrent de la chasse et découvrent le travail de leurs femmes, ils n'en croient pas leurs yeux. Ils comprennent maintenant comment le tueur, trompé par l'obscurité, s'en prendra à des leurres, croyant s'attaquer à des humains. Les plus sceptiques commencent à se laisser convaincre par le plan de l'Homme-qui-dessine et à penser qu'il avait raison. D'ailleurs, tous les chasseurs ne sont-ils pas revenus sains et saufs au camp ce soir?

La chasse ayant été bonne, il est décidé de dépecer un des deux bouquetins tués par les hommes. Tout le monde se met à l'œuvre et rapidement, la viande est embrochée et mise aux flammes. Mounj sent moins d'animosité à son égard. Il semble que la tribu, impressionnée par l'aspect des faux-hommes, ait décidé de lui donner une chance. Signe qu'il n'est plus tout à fait considéré comme un ennemi, il est invité à déguster les morceaux de choix aux côtés des sages, ce qui fait blêmir Haoud de rage. Lui n'a pas changé de dispositions envers l'étranger. D'ailleurs, il refuse de s'asseoir avec eux quand il y est invité à son tour. Il dit préférer rester debout, arme au pied, signifiant ainsi qu'il ne relâche pas son attention.

Pourtant, l'heure est à la bonne humeur et tout le clan se réjouit. On imagine déjà le tueur à la place des bouquetins, la tête plantée en haut de la lance du chef et ses viscères déroulés sur le sol. On crie de joie en regardant le spectacle des jeunes chasseurs avides de combat mimant des charges et des attaques, à grands coups de sagaie en l'air.

Mounj profite de ce moment de détente pour observer ces Hommes-qui-savent, si semblables et si différents. Leurs camps ressemblent à ceux des Hommes-droits, leurs gestes sont les mêmes, leurs rires et leur joie de mordre dans la viande sont identiques à ceux du clan de Mounj lorsque les hommes revenaient le dos chargé de gibier... Alors d'où vient que leurs bras sont si longs, leurs corps si hauts et élancés? Comment leurs os si fins résistent-ils mieux aux hivers que ceux des Hommes-droits qui sont pourtant recouverts de muscles plus saillants? Il prend le temps de les examiner en détail alors qu'ils mastiquent: même leurs mâchoires semblent moins puissantes et moins efficaces pour déchirer les chairs.

Maï s'est assis à ses côtés et partage avec lui les meilleures pièces. Il lui parle comme s'ils étaient frères.

Malgré les invitations répétées de son père, Haoud s'obstine à ne pas les rejoindre. Maï l'interpelle également, mais Haoud ne daigne pas lui répondre. Son frère aîné hausse les épaules, puis reprend sa conversation avec Mounj. Haoud croit voir un sourire moqueur sur leurs lèvres, et sa colère continue de monter. Elle éclate véritablement au moment où Maï, qui vient de briser un tibia pour en extraire la moelle, le tend à Mounj. Haoud se rue sur lui et, avec la pointe de sa lance, lui arrache le précieux morceau des mains. La moelle tombe dans la boue.

– Tu as peut-être ensorcelé mon frère et mon père, mais je vois clair, moi !

– Haoud !

Le jeune homme se tourne vers son père pour lui faire face ; il est si énervé que rien ni personne ne l'effraie plus.

– Ramasse.

Le jeune homme serre sa lance des deux mains. On ne le fera pas plier, pas cette fois. Il prend son air buté habituel et fixe crânement son père :

– Maï peut faire la femelle pour l'Homme-qui-dessine si ça lui plaît, pas question que je me baisse devant un Homme-droit, moi.

Le chef et son jeune fils rebelle se dévisagent, mâchoires crispées, respirations courtes. Un moment, Mounj croit que les deux hommes vont en venir aux mains. Un cercle s'est formé autour d'eux. Tout le monde a entendu l'attaque de Haoud contre son frère. Mounj observe les visages des hommes et des femmes rassemblés. Il vient de comprendre ce qui est connu de toute la tribu depuis longtemps, mais il réalise en même temps que les préférences de Maï ne lui avaient jamais été reprochées. Pas ouvertement comme vient de le faire Haoud. Dans le clan de Mounj, les hommes ont le droit de préférer les hommes, mais toutes les hordes ne le tolèrent pas. Il ne sait ce que disent les lois des Hommes-qui-savent.

Personne ne dit mot. Ni pour soutenir Haoud ni pour défendre Maï. La tribu attend la réaction de Djub au nouvel affront de son fils cadet.

Que cherche-t-il? Pourquoi défier son père et insulter son frère? Par ambition, parce que les deux fils du chef sont en conflit pour succéder à leur père? Pourtant Maï n'a pas l'air intéressé par la place de chef. Il est l'aîné, certes, mais il se comporte comme un second qui ne sera jamais à la tête du clan et que ça ne préoccupe pas.

L'assaut n'a pas lieu. Pour se battre, il faut être deux, et Maï n'en a pas envie. Mounj se dit qu'une tribu qui a interdit les combats entre chasseurs n'est pas pour autant débarrassée de la violence. C'est le moment qu'il choisit pour ramasser le morceau de moelle, essuyer la terre qui s'y est collée, et se rasseoir en silence. La tension retombe immédiatement. Djub et Maï l'imitent, et le cercle se disperse.

Haoud lance un coup de pied rageur dans un sabot de bouquetin abandonné au sol. Il serre les poings et lance un grognement menaçant en direction de son frère et de Mounj, puis s'éloigne. On le voit bondir de rocher en rocher pour disparaître dans la lumière du jour qui tombe, faisant fi du danger qu'il court en quittant le campement seul. Personne, pas même son père, ne songe à se lancer à sa poursuite. Tous ont peur de s'approcher de la forêt dorénavant; mais surtout, ils savent que rien ne peut arrêter Haoud quand il est comme ça.

– Si on le retrouve mort demain matin, une sagaie plantée dans le ventre, il ne faudra pas dire que c'est moi qui l'ai tué, dit Mounj à Djub.

– Haoud a une très bonne oreille. Si un humain marche dans cette forêt, il l'entendra avant d'être repéré. Il est notre meilleur chasseur. Il est fort et courageux, il s'en sortira.

– Tu sais comme moi que ce n'est pas le courage qui guide ton fils. C'est la colère. La colère peut rendre brave, pas invincible.

Djub se tait, et tous l'imitent.

À la nuit tombée, Haoud n'est toujours pas rentré. Les faux-hommes sont placés aux deux entrées de la grotte. Comme prévu, des chasseurs se dissimulent dans le sous-bois, avec pour instruction de garder les yeux rivés sur les hommes d'herbe et de se tenir prêts à intervenir dès que l'un d'eux sera frappé par la sagaie du tueur. Le reste de la tribu retourne dans la galerie. Une nouvelle fois, les hommes vont dormir à tour de rôle, se relayant autour des feux.

Quand les premiers Hommes-qui-savent dorment et que le calme s'est fait dans le clan, Mounj veut vérifier que les faux-hommes sont toujours en place. Maï l'accompagne, ainsi qu'un autre chasseur désigné par

Djub pour surveiller l'Homme-qui-dessine en l'absence de Haoud. Ils se glissent jusqu'à la limite de la grotte en prenant soin de rester dans l'ombre de la voûte. Les mannequins sont intacts. Grâce aux flammes des feux qui dansent dans leur dos, on dirait qu'ils bougent. Il est impossible de deviner qu'ils sont faits de bois, de terre et d'herbe. Autour des feux, les couches occupées par les peaux dissimulant des cailloux et des branches sont aussi vraies que si la horde dormait là. Sous le couvert des bois, rien ne bouge. Mounj espère que les guetteurs ne se sont pas assoupis.

De nuit, le tunnel paraît encore plus immense, et les humains, dessous, plus fragiles. Les trois hommes rebroussent chemin et reviennent s'installer auprès du feu. Ils ont laissé à d'autres leur couche d'herbe séchée dans la galerie pour la première partie de la nuit. Malgré l'inconfort des galets et l'humidité du sol à cet endroit du tunnel où la rivière fait son lit quand elle est en crue, Mounj finit par s'endormir sous l'effet de la fatigue et de la chaleur.

chapitre treize

LES PEINTURES SACRÉES

Plus tard dans la nuit, Mounj est réveillé par un jeune chasseur qui vient le remplacer afin qu'il aille s'allonger à son tour. À peine a-t-il ouvert les yeux qu'il croise le regard de Haoud, revenu entre-temps, et qui le fixe, affirmant ainsi qu'il n'est pas homme à s'endormir, contrairement à son frère. Sa colère semble être retombée mais son air est toujours aussi sombre, effrayant dans la nuit.

Il laisse Mounj monter seul dans la première galerie pour aller se coucher. Womb n'ayant qu'une entrée, il lui serait impossible de s'échapper une fois à l'intérieur. Il suffit à Haoud de rester près du feu pour empêcher l'Homme-qui-dessine de lui fausser compagnie. Mounj s'apprête à escalader la paroi quand il remarque une torche abandonnée à ses pieds. Haoud lui tournant le dos à cet instant précis, il en profite pour se saisir de la torche et la lancer devant lui. Puis il grimpe aussi vite qu'il peut, la ramasse et s'enfonce dans la galerie en espérant que Haoud ne l'a pas vu faire.

En prenant soin de ne marcher sur personne, il se hâte vers le fond de la galerie. Sa chance ne le quitte pas : les Hommes-qui-savent dorment tous et ne le remarquent pas.

Il pénètre dans la salle en forme de puits. Le souvenir douloureux de son séjour forcé dans la tanière de l'ours, au cœur de ce dédale de boyaux, ne réussit pas à décourager sa curiosité pour ces lieux incertains. Il est persuadé que c'est là que la tribu garde les peintures sacrées auxquelles la jeune fille a fait allusion. Où, ailleurs que dans le ventre de Womb, au plus profond de la terre, les Hommes-qui-savent pourraient-ils les cacher? Le clan dort, Maï dort, Haoud le croit couché... C'est l'occasion ou jamais d'explorer les galeries. Peut-être y trouvera-t-il une explication à l'incroyable supériorité de ces humains.

Il traverse la salle en forme de puits, retrouve en tâtonnant le passage menant aux galeries les plus profondes, fait une pause au seuil de cet espace sans limites, sans bruit et sans lumière, et se décide à faire un premier pas dans l'inconnu. L'obscurité est trop épaisse cependant. Elle l'empêche d'avancer, comme une paroi qui s'érigerait devant lui. Il s'accroupit et cherche du bout des doigts deux morceaux de ce silex blanc dont le sol des galeries est jonché. Il en trouve deux assez gros pour que ses mains puissent les tenir fermement. Il les essaie pour en vérifier la qualité, puis les rejette pour en chercher deux autres qui produisent des étincelles plus franches, capables de rallumer la torche encore tiède. Il en écarte plusieurs avant d'en trouver deux qui lui donnent satisfaction. Il se met à quatre pattes et s'éloigne prudemment de l'entrée de la grotte, sans savoir où il va, pour ne pas être entendu lorsque les pierres s'entrechoqueront. Enfin, il s'assied et frappe à plusieurs reprises. L'odeur de minerai échauffé qui s'en dégage confirme qu'il a fait le bon choix. Il coince la torche entre ses genoux, en malaxe la boule de cuir et de paille pour en faire ressortir la graisse. Il recommence à cogner. Il frappe et frappe encore, pierre contre paille, jusqu'à ce que la première embrase la deuxième. Après des dizaines de tentatives, les muscles de ses bras sont tétanisés; les moments de répit qu'il s'accorde sont brefs, pour ne pas laisser la paille refroidir, mais la torche n'a toujours pas pris feu. Pourtant, il sent qu'il n'est pas loin de réussir. Il s'interrompt un instant pour tendre l'oreille : aucun bruit ne lui parvient de la première galerie. Il se remet au travail et après quelques essais supplémentaires, les premières volutes montent enfin, qu'il encourage en soufflant doucement : ne pas balayer la poussière de feu si fragile qui essaie d'apparaître ; ne pas la laisser s'éteindre non plus car elle pourrait mourir plus vite qu'elle n'est apparue. L'Homme-qui-dessine, habitué à voyager et à changer régulièrement de camp, et donc à faire du feu quand les braises de la veille sont mortes étouffées dans son sac, a le geste sûr et patient. Il ne se précipite pas quand la graisse commence à crépiter. Enfin, la première flamme luit, aussi frêle qu'un enfant. Elle grossit, se répand rapidement à toute la torche, diffusant immédiatement sa lumière et sa chaleur. Il se redresse et fait un pas dans les ténèbres qui le happent, éclairé seulement par sa torche vacillante, et par son courage. Il lui en faut pour lutter contre la peur qui le saisit, la même qui l'a tenaillé pendant ces jours et ces nuits interminables passés dans la tanière de l'ours. Il retrouve le même silence intact, l'absence de repères et la hantise de se perdre. La lueur au bout de son bras n'y change rien. Elle est si fragile ; un rien suffirait à la souffler. Un instant, il songe au cadavre d'Ifa qu'ils ont déposé dans un des recoins de cette grotte, contre lequel il pourrait trébucher. Il poursuit pourtant et retrouve le chemin parcouru dans un sens il y a quelques jours, puis dans l'autre hier à peine. Après une lente progression, il arrive devant l'entrée de la tanière de l'ours. Il reconnaît sa propre odeur, mélange d'urine et d'excréments. La grotte est tellement inhospitalière qu'il est rassuré par ces signes familiers. Le sentier s'arrête là, mais pas Womb.

Cette fois, il prend le temps de questionner le vide, de balancer la torche au bout de son bras en espérant qu'elle pourra voir ce que ses yeux ne voient pas. Après un moment d'hésitation, il ose continuer en prenant la précaution de marquer le sol d'une croix, tous les trois pas, à l'aide d'une pierre ramassée par terre, comme autant de repères qui pourront s'avérer utiles.

Il va ainsi, au hasard. Le terrain monte, descend, jamais de façon très prononcée cependant. Le plafond au-dessus de lui est toujours aussi haut : tellement qu'il en est invisible. Il commence à croire que la grotte n'est qu'un espace vide lorsqu'il croise un autre sentier, foulé par des pieds qui ont laissé leurs empreintes sur le sol, glaiseux à cet endroit. Il se penche pour les étudier et constate que ce sont des pieds d'Hommes-qui-savent, plus longs et moins larges que les siens. Il n'y a décidément aucun signe d'ancienne présence d'Hommes-droits dans cette grotte... Ni sous le tunnel traversé par la rivière ni dans les galeries. Mounj a souvent vu des cavernes occupées par une tribu, qui l'avaient été par d'autres clans. Ici, ceux de son peuple ne sont jamais venus, il est le premier. Il demeure perplexe, courbé sur ces traces de pieds qu'il regarde longuement. Avant de continuer à avancer, il amasse quelques pierres et forme un monticule qui lui servira de guide sur le chemin du retour. C'est là qu'il devra bifurquer.

Ceux qui l'ont précédé ici ne sont pas venus souvent et n'étaient jamais plus d'un ou deux à chaque fois. En effet, leurs traces sont peu nombreuses; Mounj les suit jusqu'à un dangereux escarpement. Il parvient à deviner le chemin que les Hommes-qui-savent ont emprunté grâce aux marques laissées sur la roche, là où leurs pieds ont glissé et leurs mains se sont agrippées. En haut démarre une nouvelle galerie. La torche faiblit mais il pense avoir assez de graisse pour pousser encore un peu, et revenir. Il accélère le pas alors qu'il entre dans un long couloir qui va en se rétrécissant. Au fur et à mesure qu'il avance, la paroi de droite s'affaisse sur lui, l'obligeant à marcher incliné sur le côté. Il finit par devoir s'appuyer contre la paroi de gauche. Il parvient enfin à une autre salle humide et froide dont le sol est recouvert d'une mousse glissante. Il continue à avancer, plus prudemment. Il franchit ainsi une succession de boyaux étroits, de salles plus vastes et de galeries qu'on dirait taillées dans la roche pour laisser passer les hommes. *Quelles forces ont fait cela?* se demande-t-il. Les humains sont trop faibles pour creuser la montagne. Enfin, il atteint une dernière salle, aussi profonde que haute. Les pas s'arrêtent là; ce sont d'autres traces qui commencent, non plus sur le sol, mais sur les murs. Des formes et des couleurs qu'il n'a jamais vues auparavant: des animaux, des Hommes-droits, minuscules, dont on peut s'approcher et qu'on peut regarder sans danger. Immobiles, inoffensifs. Un peu comme les faux-hommes de paille, mais sur la paroi. À la vue de ces dessins, resurgit la sensation agréable et indéfinissable qu'il a eue en admirant le coucher du soleil et qu'il a ressentie à nouveau aujourd'hui en découvrant les faux-hommes. Il comprend ce que la jeune femme voulait dire. C'est «beau»! Ce ne sont pas de vulgaires traits comme les dessins qu'il fait sur ses écorces de bouleau et qui lui paraissent si malhabiles tout à coup. Ceux-là sont d'une précision qu'il n'aurait jamais imaginée. Ils ne se contentent pas de représenter des animaux et des hommes, ils les reproduisent, les imitent, ils sont à leur tour animaux et hommes. Bien mieux que la cendre pilée utilisée par les Hommes-qui-dessinent, les Hommes-qui-savent ont recours à des dégradés de jaune et de rouge, ne gardant le noir que pour souligner les contours des êtres... Quand les trois ne se mélangent pas pour offrir des nuances proches de la réalité. Les fourrures des fauves sont aussi vraies que nature, les échines des chevaux bougent presque au vent. L'effet de galop est saisissant; il ne manque que le bruit des sabots sur le sol et les hennissements pour rendre la scène vivante. Il lève sa torche et balaie l'espace autour de lui. Où qu'il regarde, les parois en sont couvertes. Ce sont des hardes de cerfs, des troupeaux de mammouths qui déferlent sur lui. Il s'approche, hésite un instant puis touche l'un des mastodontes du bout du doigt. Rien ne se passe. Le mammouth ne bouge pas. Il le touche, frotte ses flancs et sa tête, l'animal s'étale sur la roche et sur son doigt. S'il continuait, il pourrait le faire disparaître complètement. Il porte son doigt à la bouche. Les peintures sacrées ont la saveur de la pierre.

– De la roche pilée ! dit-il tout haut.

Sa voix résonne dans sa poitrine mais à peine en sort-elle que la masse de la montagne l'étouffe. Mounj a la sensation de ne plus exister qu'en lui-même. Il regarde les dessins de plus près. Les Hommes-qui-savent ont su imiter les mouvements des animaux qui chargent, des chasseurs qui lancent leurs sagaies ou se jettent sur les troupeaux, hache à la main. Leur art est beaucoup plus élaboré que le sien. Il a beau se dire que ce ne sont que des images tracées par la main de l'Homme, Mounj découvre sous la lumière de sa torche les parties de chasse comme s'il y participait. Il assiste à l'agonie de ces personnages renversés par les aurochs avec la même émotion que si c'étaient les siens qui s'élançaient contre les bêtes à cornes. Ici, la douleur de cet homme piétiné. Là, l'expression de joie de celui qui terrasse un taureau. Sur ce dessin encore, il est ce chasseur victorieux, bras ouverts, jambes écartées.

Il recule d'un pas afin de mieux admirer le travail des Hommes-qui-savent. Par endroits, ils ont épousé la forme de la roche pour donner plus de relief à leur dessin ; les bisons semblent sortir de la paroi. L'effet est impressionnant, effrayant presque lorsque sa torche passe devant les mastodontes figés dans la roche, donnant l'impression de les ramener à la vie en les réchauffant. Mounj n'a jamais rien vu de tel. Ni son père ni son grand-père ne lui avaient parlé de cet art. Ils répétaient souvent avec fierté que les Hommes-qui-dessinent détenaient le secret du dessin, qu'eux seuls pouvaient montrer le monde sur leurs rouleaux, comme l'eau calme d'un lac peut montrer le reflet d'un visage. Pourtant, aucun Homme-qui-dessine n'a réussi à créer des dessins aussi aboutis, aussi réels. D'ailleurs, ce ne sont pas des dessins. Les Hommes-qui-savent les appellent «peintures». Il n'y a pas de mot dans le langage des Hommes-droits pour décrire de telles scènes.

La fresque monumentale s'étend sur des pas et des pas. Elle est presque plus longue que s'il mettait bout à bout toutes les feuilles de ses ancêtres et toutes ses écorces. Il comprend que ces peintures soient sacrées, et il réalise tout à coup qu'il est dans un lieu interdit. Cette salle, tout au bout de la grotte, au cœur de Womb, est la mémoire des Hommes-qui-savent ; elle ne raconte pas le monde comme le font ses dessins, mais l'histoire de leur tribu. D'où l'air contrit de la jeune femme qui lui a involontairement révélé l'existence des peintures sacrées, d'où les réprimandes de sa mère! Personne n'a le droit de venir ici, en dehors de quelques sages probablement. Pas un étranger en tout cas. Si les Hommes-qui-savent apprennent qu'il a découvert le secret de la tribu, ils n'attendront pas la prochaine lune pour le sacrifier. Mais c'est plus fort que lui, il s'attarde encore un moment, le temps d'admirer une dernière fois l'extraordinaire vérité de ces dessins, et la vie qui s'en dégage au fond de ce ventre sourd et aveugle. Il longe la paroi, fait le tour de la salle... Pas un pan qui ne soit décoré! Il lui faudrait trois ou quatre torches pour les admirer tous en détail. La sienne faiblit déjà, il est temps de faire demi-tour. Pourtant, il ne se résout pas à partir. Son regard vient de descendre et de se poser sur une série de dessins différents, plus grossiers, exécutés plus rapidement peut-être. Ils commencent après un repli de la roche et suivent le sol. Il a failli ne pas les voir. C'est comme si celui qui les a faits avait voulu les cacher en même temps qu'il les exposait. Mounj reconnaît à ses jambes et ses longs avant-bras un Homme-qui-sait, identique à ceux qui sont représentés en train de chasser un peu plus loin. Mais il a le souffle coupé en découvrant la silhouette courbée et massive d'un deuxième personnage. Aucun doute: avec sa tête étirée et ses épaules larges, c'est un Homme-droit! Il est de profil, la verge dressée, et il est accolé à une Femme-qui-sait, comme s'ils s'accouplaient. Cette découverte fait presque vaciller Mounj. Les Hommes-qui-savent ont dessiné un Homme-droit s'accouplant avec une de leurs femmes! Si ces peintures relatent les faits marquants de la tribu, alors quel fut ce couple dont les ébats figurent parmi les grandes chasses? La fresque continue et le personnage suivant est un enfant minuscule, un bébé. Il ne peut pas s'agir de la progéniture du couple car Mounj sait que les Hommes-qui-savent et les Hommes-droits ne peuvent pas se reproduire entre eux. D'où vient ce bébé? Que fait-il là? Quel sens donner à sa présence près de ces deux adultes qui copulent? La scène suivante est encore plus déroutante: un Homme-qui-sait se bat avec l'Homme-droit. Il le tue. L'Homme-droit tombe à la renverse, une lance plantée dans la gorge. Enfin, sur le dessin le plus excentré, Mounj parvient à distinguer le même Homme-qui-sait, seul, debout devant trois Hommes-droits. Ceux-ci sont allongés: dorment-ils ou sont-ils mourants? L'un d'eux, peut-être une femelle – le dessin est trop imprécis pour le dire –, lève les bras vers l'Homme-qui-sait, comme s'il le suppliait de l'épargner. La Femme-qui-sait et le bébé ont disparu. Les dessins ont été tracés à la hâte mais ils sont encore gras et luisants, signe qu'ils ont été faits récemment. Il est persuadé qu'ils racontent un moment de la vie de la tribu des Hommes-qui-savent, mais lequel? Quoi que ce soit, c'est un événement assez grave pour figurer parmi les peintures sacrées.

La flamme vacillante de sa torche lui rappelle qu'il n'en a plus pour longtemps avant qu'elle s'éteigne, ce qui le laisserait sans possibilité de retrouver son chemin. À regret, il abandonne les peintures sacrées à l'obscurité, troublé par cette incroyable découverte, bien décidé à en comprendre le sens.

Sur le chemin du retour, il retrouve le cairn qu'il a bâti, puis les croix tracées dans la boue, qui le ramènent vers la sortie. Avant de regagner la galerie où la horde dort, il dissimule sa torche dans un recoin de la salle-puits, et retrouve sa couche à tâtons. Tout est calme, personne ne s'est aperçu de son absence. Il s'enroule dans sa peau de renne et se tasse sur sa couche ; l'herbe coupée la veille a commencé à sécher, elle est beaucoup plus accueillante que la nuit précédente. Malgré l'excitation, malgré les questions soulevées par sa découverte, il s'endort aussitôt.

*

Pendant son sommeil, il revoit les troupeaux dessinés par la main de l'homme. Dans ses rêves, ils s'animent et fondent sur lui, renversant tout sur leur passage. Il doit se réveiller à plusieurs reprises pour fuir ses cauchemars et suspendre la course des hardes. À peine ouvre-t-il les yeux que mammouths et buffles retournent à Womb... Pour resurgir dès qu'il se rendort. Il entend les Hommes-qui-savent hurler pour les affoler et les lancer contre lui. Il distingue Djub au milieu du tumulte, qui dresse un bras menaçant, promettant de traquer l'étranger jusqu'au pays des rêves. En profanant la salle des peintures sacrées, il a offensé le clan. Les chasseurs n'auront de cesse de le capturer et d'offrir ses entrailles à Womb. Dans son délire, Mounj ne voit pas la tribu, mais la clameur lancée par les chasseurs dans la nuit lui parvient. Les Hommes-qui-savent le poursuivent pour le détruire. Il est seul, ils sont toute une horde. Ils sont armés et furieux, il n'a que des rouleaux d'écorce à leur opposer.

chapitre quatorze

SILA

Au petit matin, les guetteurs sortent des fourrés, frigorifiés et bredouilles. Ils n'ont vu personne, entendu aucun bruit inhabituel. Le dispositif mis en place par Mounj n'a servi à rien. Ils regagnent la grande voûte pour se réchauffer devant le feu, manger quelques restes du festin de la veille tout en sautant d'un pied sur l'autre pour se dégourdir les jambes avant d'aller dormir. Mounj pose la même question à chacun, mais tous sont formels : pas le moindre signe du tueur, pas le plus petit bout de sagaie en vue. D'ailleurs, les faux-hommes sont intacts, preuve que celui qu'ils attendaient n'est pas venu.

Mounj est déçu mais n'entend pas renoncer pour autant. Il veut vérifier par lui-même ce que les guetteurs lui ont dit. Il part fouiller les bosquets bordant les entrées de la grotte. Il retrouve facilement les fourrés où les chasseurs se sont cachés grâce à l'herbe qui s'est couchée sous leur poids. Il explore les environs immédiats, en vain ; il ne découvre aucune trace fraîche qui ne provienne du camp. Haoud jubile devant l'échec du piège imaginé par Mounj. Tout le contraire de Maï, qui ne cache plus son désir de voir le tueur démasqué et Mounj épargné. Pendant que le premier grommelle dans le dos de Mounj, le deuxième l'aide en cherchant activement avec lui. Décidément, tout oppose les deux frères : leurs intentions à l'égard de Mounj ; leurs caractères, orageux pour l'un, placide pour l'autre ; la couleur de leur peau, mate chez Haoud alors que Maï est parmi les Hommes-qui-savent les plus pâles.

– Nous recommencerons ce soir. Il finira bien par venir, dit Mounj.

Puis les trois hommes regagnent la grotte où la horde a repris ses activités. On entend les cris des enfants et la cognée des outils contre la pierre.

Mounj déambule parmi les Hommes-qui-savent. Il passe de feu en feu, de famille en famille. Il les regarde travailler, parler, vivre. On suspend son geste à son passage, on se demande ce qu'il veut, ce qu'il a à les observer comme ça... Puis on reprend sa tâche. Tout simplement, il s'émerveille de voir une tribu si nombreuse, des hommes qui bâtissent et imaginent de nouvelles formes pour leurs flèches, s'appliquent à les façonner afin qu'elles soient aussi légères et résistantes que possible. Ces humains rient et se chamaillent, persuadés qu'ils seront là l'hiver prochain, et l'hiver d'après... Ils ont tout le temps pour eux, ils n'y pensent même pas, alors que Mounj ne cesse de compter les jours qui passent et les siens qui meurent. Il a beau essayer, il ne parvient pas à comprendre : qu'ont-ils de plus que son peuple ? Certes, leurs traits sont différents, la forme de leur visage, leur silhouette... Mais ils ressemblent beaucoup à des Hommes-droits. Ils vivent comme eux, ils mangent comme eux, ils chassent comme eux. Mounj a même réussi à apprendre leur langage. Qu'est-ce qui fait qu'ils sont à chaque nouvelle saison plus nombreux tandis que les siens disparaissent ? Il tourne et retourne cette question dans sa tête, au point d'avoir envie de hurler. Parfois, elle le laisse abattu ; il ne sait plus ce qu'il doit faire. Dans ces moments-là, il doute de l'utilité de sa quête et de ses dessins. Il se dit qu'il devrait retourner auprès des siens, dans leur grotte près de la grande eau, et se laisser mourir avec eux.

Il continue à avancer parmi les Hommes-qui-savent. Maï l'accompagne plus qu'il ne le surveille. Haoud, quant à lui, se tient toujours à l'écart, tout en maintenant une vigilance de tous les instants. Pourtant, son prisonnier ne pourrait fuir nulle part, les deux entrées de la grande voûte étant gardées.

Mounj repère un groupe de femmes en train de travailler de minuscules bouts d'os. Il s'approche, intrigué. Dans sa tribu aussi, on sculpte les os pour en faire des pointes de flèches ou des harpons, mais ce que font ces femmes est différent. Elles creusent des trous dans des éclats d'omoplate de daim, ou de mouflon, qu'elles ont d'abord affinés en les frottant contre une pierre dure. Elles leur donnent des formes de bout de lune ou de pleine lune, les percent et les enfilent sur une lanière de cuir. Mounj remarque que les hommes et les femmes de cette tribu sont nombreux à porter un de ces objets. Il n'a jamais vu de tels ustensiles. Il n'en connaît pas l'utilité. Il s'assied à côté de l'une des femmes. Elle s'interrompt.

– Qu'est-ce que tu fabriques? questionne Mounj.

Elle le regarde avec curiosité. Elle se tourne vers les autres femmes qui observent sa réaction, avant de répondre:

– Un collier.

– Un collier?

Elle sourit, amusée par l'ignorance de l'étranger.

– Oui. Un bijou.

– Un bijou?

Encore un mot que Mounj ne connaît pas.

– À quoi ça sert?

– À rien! se moque Haoud.

Le jeune fils du chef s'est porté à la hauteur de Mounj. Il lance à la jeune femme un regard noir qui n'échappe pas à l'Homme-qui-dessine. Mais elle continue de sourire à Mounj :

– À nous rendre belles, et à rendre les hommes beaux, dit-elle en ignorant Haoud.

Puis elle appose la guirlande d'os contre sa poitrine.

– On peut aussi le mettre autour de son poignet, ajoute-t-elle en désignant les bijoux qu'arborent les autres femmes du groupe. Tu n'en portes pas ? constate-t-elle plus qu'elle ne pose la question.

On ne fabrique pas ce genre de sculptures si délicates dans sa tribu. *Quel peuple étrange que ces Hommes-qui-savent*, se dit-il. Leur imagination et leur savoir-faire, alors que leur connaissance du monde paraît si pauvre, le surprennent.

– Tiens, dit-elle en lui tendant le collier qu'elle vient de finir. Tu le donneras à ta femme.

– Je n'ai pas de femme.

Elle prend le temps de le dévisager, un sourire malicieux en coin :

– Tu ne les aimes pas ?

Elle a dit cela en regardant Maï qui ne réagit pas, visiblement habitué aux moqueries des siens. Mounj saisit le véritable sens de la question. Il acquiesce de la tête tout en répondant :

– Si, mais... Je n'en ai pas encore trouvé.

Il hésite à accepter le collier.

– Mets-le en attendant, insiste-t-elle.

Elle joint le geste à la parole et lui passe le collier autour du cou.

– Et toi, tu as un homme? demande Mounj.

Le visage de la jeune femme se ferme instantanément.

– Non, réplique-t-elle sèchement en fixant Haoud d'un air mauvais. J'en ai eu un, autrefois. Je n'en veux plus.

Haoud émet un grognement animal et s'éloigne. Mounj fait glisser le bijou entre ses doigts, puis il l'enlève et le tend à la jeune femme :

– Reprends ton collier. Si je suis sacrifié par ta tribu, il sera perdu.

La jeune femme se penche vers lui et chuchote pour ne pas être entendue :

– Je ne te crois pas coupable. Garde ce collier, il te protégera.

– Pourquoi? Parce qu'il est sacré, comme vos peintures?

Elle se fige. Maï, lui aussi, a entendu les paroles sacrilèges de l'Homme-qui-dessine. Il s'accroupit, s'assure que personne n'était à portée d'oreille – surtout pas Haoud –, et demande sur un ton affolé :

– Qu'est-ce que tu sais des peintures sacrées?

– Elles sont comme vos bijoux; elles ne servent à rien, mais elles sont belles et elles vous protègent.

Maï et la jeune femme se raidissent davantage.

– Tu ne sais pas de quoi tu parles.

– Si, des peintures au fond de la grotte.

Maï bredouille sans parvenir à dissimuler sa panique :

– Personne ne doit parler des peintures, chuchote-t-il. Ni les voir.

– Je les ai vues, moi.

La jeune femme regarde par-dessus son épaule et se fait menaçante :

– Si quelqu'un apprend que tu connais leur existence, tu seras tué sur-le-champ.

Mounj se tourne vers Maï :

– J'étais sous ta surveillance quand je les ai découvertes. C'est toi qui étais censé m'en interdire l'accès.

Le fils aîné du chef est terrorisé. Mounj le force à parler :

– À quoi servent-elles ?

– Elles sont sacrées. Elles font partie de nos rites. Je n'ai pas le droit de t'en dire plus.

L'intérêt de Mounj n'est pas de faire punir les deux seuls Hommes-qui-savent de la tribu qui ne soient pas contre lui. En revanche, ils ont autant à perdre que lui. Il n'hésite pas à en profiter :

– Je me tairai. Mais en échange, je veux mes rouleaux.

– Tes rouleaux ?

– Dans mon sac, les rouleaux en écorce de bouleau ; eux aussi sont sacrés pour mon peuple.

– Mon père te les rendra dès que tu auras découvert le tueur.

– Et si j'échoue?

– Alors tu n'en auras plus besoin.

– Ils doivent me survivre...

Mounj s'interrompt en constatant que Haoud revient.

– Il n'aura plus besoin de quoi? demande celui-ci.

Il a donc surpris leur conversation à voix basse. Maï ne répond pas cependant.

– J'ai besoin de preuves que le tueur existe, lance Mounj en guise de diversion.

Mais Haoud ne lâche pas si facilement prise. Il flaire quelque chose; il s'adresse à son frère:

– Tu lui disais qu'il n'en aurait plus besoin. Qu'est-ce que c'était?

Maï continue à se taire. La jeune femme vient à sa rescousse:

– L'Homme-qui-dessine cherche le tueur. Tu devrais l'aider au lieu de t'en prendre à ton frère.

– Ce n'est pas en parlant avec une femelle qu'il le trouvera.

– Parler à une femelle est quelque chose qu'il pourrait t'apprendre.

L'affront est si âpre et inattendu que Haoud ne peut réprimer un geste d'emportement. Sa main s'est élevée, prête à frapper, mais il ne la laisse pas s'abattre sur l'effrontée. Il préfère tourner les talons à nouveau. Après un instant de stupeur, les autres femmes, qui avaient toutes interrompu leur travail, posent leur ouvrage et se pressent autour de la jeune femme. Certaines lui reprochent son manque de respect ; d'autres prennent sa défense et affirment que tôt ou tard, la violence de Haoud causera du tort à la tribu. Mounj entend le nom de la jeune femme pour la première fois. Sila. Il l'admire alors qu'elle fait front. C'est une femme guerrière comme il en a connu autrefois, dans sa tribu. Dréa était un peu comme ça, toujours prête à se battre contre les hommes, qu'il s'agisse de ses frères ou des mâles de la tribu qui tournaient autour de ses sœurs. Elle était dure, mais cela plaisait à Mounj. Il était fier que sa future femme ait le caractère d'un chef. Il entraîne Maï à l'écart :

– Continuons à explorer les environs de la grotte, propose-t-il.

Une fois qu'ils se sont suffisamment éloignés, il questionne Maï :

– Pourquoi Haoud est-il en colère contre cette femme, Sila ?

– Elle n'aurait pas dû lui parler sur ce ton, c'est contraire aux usages de notre tribu.

– Il était déjà en colère contre elle. C'est lui qui l'a provoquée, à deux reprises.

Maï hésite, il est surpris et gêné à la fois par la question. Il accepte cependant de répondre:

– Sila n'a pas d'homme. Mais elle se refuse à Haoud.

Mounj demeure pensif un instant.

– C'est cela qui le contrarie?

– Oui.

– Quel est l'homme qu'elle a eu et dont elle parlait?

– On ne sait pas.

– Il n'était pas de la tribu?

– Elle n'a eu qu'un enfant. Quand elle a accouché, elle n'a pas dit de qui il était. On ne l'a jamais su. Depuis, elle n'a accepté aucun homme de la tribu.

– Alors pourquoi cherche-t-elle à me plaire?

Maï est pris de court. Il ne s'attendait pas à devoir aborder ce sujet:

– Elle veut faire souffrir Haoud.

– Pourquoi?

– Il n'y a pas que Haoud qui soit en colère contre Sila, Sila aussi l'est contre Haoud.

– Qu'est-ce qu'il lui a fait?

Maï hausse les épaules, signifiant qu'il n'a pas envie d'en dire davantage.

– Raconte-moi.

– Ça n'a rien à voir avec la mort de nos chasseurs.

– De quoi veut-elle se venger?

Maï souffle mais finit par faire les révélations que Mounj attend :

– Il l'a forcée. Elle n'a rien dit à nos sages, mais tout le monde sait que l'enfant est de lui. D'ailleurs, il lui ressemble beaucoup.

– Il l'a forcée ?

– C'est très grave chez nous. Si elle avait parlé, Haoud aurait été banni pour toujours de notre clan.

– Pourquoi n'a-t-elle rien dit ?

Maï a un geste d'impuissance.

– Je ne sais pas, mais elle ne lui a jamais pardonné.

Maï se tourne vers celui dont ils parlent, son frère. Haoud s'est posté sur un rocher surplombant la rivière. Il les attend tout en scrutant les remous dans lesquels se cachent les poissons de montagne, habiles à revêtir les couleurs de la pierre et du ciel qui se reflète dans l'eau.

– Ne dis rien de ce que je t'ai appris à Haoud, il ne le supporterait pas.

En se confiant à un étranger et un prisonnier, Maï a pris des risques, Mounj en est conscient. Quelque chose les rapproche. La confiance que lui accorde Maï montre qu'il éprouve pour lui des sentiments qu'il n'a pas pour son propre frère. Quand ils arrivent au niveau de ce dernier, Mounj leur explique que le tueur observe la tribu pendant des journées entières avant de passer à l'action.

– Nous devons trouver la cache qui abrite le tueur pendant ses longues attentes, annonce-t-il.

Ils se mettent en marche en direction de la barrière rocheuse qui domine la forêt, en aval de la grotte. Là, les trois hommes longent la falaise sans déceler le moindre trou ou recoin favorable. Ils marchent ainsi jusqu'à parvenir au cirque et au départ de la vallée par laquelle Mounj est arrivé, tout près de l'endroit où il a été capturé. Les empreintes de pas sont nombreuses de ce côté de la rivière.

– Nous chassons souvent ici. Beaucoup de gibier vit dans cette cuvette.

– Alors le tueur doit aussi chasser ici, suggère Haoud.

– Au contraire. S'il est malin, il évite les endroits où il peut vous rencontrer. Il chasse sûrement en amont de la rivière, de l'autre côté de la grotte.

– Nous y chassons aussi. L'autre côté de la grotte est moins abrité mais plus ensoleillé, et plus étendu ; les cerfs préfèrent ces grands espaces.

– Alors il vit ailleurs.

– Ou il chasse ailleurs, précise Maï.

Un instant, tous trois demeurent silencieux. Chacun regarde autour de soi en se demandant où il passerait ses jours et ses nuits s'il devait se tenir à l'écart mais pas trop loin d'un clan ennemi qu'il aurait pris pour cible. La forêt est inextricable, les trous dans la montagne indénombrables, le tueur peut être n'importe où.

Mounj prend une longue inspiration. Il y a quelques jours à peine il avançait vers ces montagnes, libre. Il découvrait cette contrée pleine de gibier et de couleurs... Il était loin d'imaginer ce qui l'attendait. Une fois de plus, il pense à la prochaine lune : Womb, le sacrifice, le silex qui se plantera dans sa gorge ou lui ouvrira le ventre. Tout chasseur sait qu'il ne faut pas achever la proie si l'on veut que son sang coule; le cœur doit battre encore, le temps que toute la vie s'en aille. Il revoit le faon, son œil affolé au moment où il a soulevé la pierre. Les Hommes-qui-savent le laisseront-ils mourir lentement ou l'achèveront-ils comme il a écourté les souffrances de l'animal?

— Continuons, décide-t-il, nous finirons bien par trouver quelque chose.

*

Quand ils regagnent la grotte, le soleil est encore haut mais il a largement dépassé la moitié de sa course. Ils empruntent le long tunnel dans lequel ils échappent presque au jour. Mounj a l'impression qu'il y fait plus froid que ce matin; même le fracas de la rivière paraît plus assourdissant.

La horde, elle, semble paisible. On ne la croirait pas sous la menace d'un tueur; vu d'ici, le camp ressemble à n'importe quel autre camp : des femmes qui s'affairent sur une carcasse tandis que là-bas, des hommes assis en rond frappent activement sur des pierres.

Mounj les regarde faire, intrigué par la façon qu'ils ont de cogner de haut en bas, dans un mouvement ample, alors que les siens ont toujours attaqué la pierre de côté, par à-coups secs et rapides. Il découvre la pierre blanche et poreuse qu'ils sont en train de travailler, semblable à celle dont était faite la pointe de sagaie fichée dans la cuisse du faon. Il la trouve pauvre et friable mais doit reconnaître que le façonnage des Hommes-qui-savent est moins grossier que ce que produisent ceux de sa tribu.

– D'où vient cette pierre?

– De Womb. La grotte en est remplie, et la rivière en regorge autant que de poissons.

– Vous n'avez pas de pierre grise, ou noire?

Le jeune qui a parlé lève des yeux incrédules vers ses aînés. L'un d'eux répond à sa place :

– La pierre à tailler est toujours blanche.

– La blanche est la plus mauvaise de toutes. Elle s'émousse un peu plus à chaque lancer, quand elle ne se brise pas.

– Il n'y en a pas d'autre, rétorque l'ancien.

– Bien sûr que si, insiste Mounj.

Puis, se tournant vers Maï et Haoud :

– Si vous me rendez mon sac, je pourrai vous montrer un poignard en pierre noire, aussi dure et tranchante que les crocs d'un ours.

Maï sourit, saluant discrètement l'habile manœuvre de l'Homme-qui-dessine pour récupérer son sac. Haoud n'y voit pas malice. Sa curiosité et sa fierté sont piquées ; il veut voir ce poignard et envoie le plus jeune des tailleurs de pierre chercher leur chef.

– Dis-lui d'apporter le sac de l'Homme-qui-dessine.

*

Le garçon revient vite, accompagné de Djub. Le sac est apparemment intact. Le chef fouille à l'intérieur pour en extraire ce qu'il avait pris pour une simple ébauche d'outil. En y regardant de plus près, en effet, cette pierre est aussi tranchante que celle dont les Hommes-qui-savent se servent pour faire des racloirs, noire elle aussi, que l'on trouve en abondance dans ces montagnes mais qui s'effrite entre les doigts. Mounj prend en main le poignard et pour en démontrer la dureté, le cogne contre l'un des blocs de pierre blanche que les hommes étaient en train de tailler. Celui-ci se fend en deux comme s'il s'agissait d'un vulgaire morceau de craie. Les Hommes-qui-savent regardent l'éclat tombé à terre : la pierre noire est tranchante certes, mais elle est aussi dure que la tête d'un assommoir. Pendant que le chef s'émerveille de cette découverte, et avec lui tous les chasseurs présents, Mounj ramasse discrètement son sac et s'assure que son contenu est intact. Par bonheur, rien ne manque ; les rouleaux n'ont été ni mouillés ni déchirés, tout juste aplatis par endroits.

Le chef exhibe le poignard, le soupèse et l'admire au bout de son bras tendu. Il est impressionné par sa petite taille et sa maniabilité. Puis il le fait passer à ses chasseurs ; chacun, tour à tour, l'examine sous tous les angles.

– Il vient de loin, des hauts plateaux, là où souffle le vent froid, à des jours et des jours de marche d'ici, explique Mounj.

– Comment l'as-tu trouvé ?

– Ce sont des Hommes-droits qui me l'ont donné. Leurs pointes et leurs outils étaient tous taillés dans cette même pierre noire.

– C'est mon poignard maintenant, dit Djub en le reprenant en main.

Il en éprouve à nouveau la tenue dans sa paume. Satisfait, il se met à fendre l'air devant lui. Il exécute de grands gestes menaçants pour mettre en déroute des ennemis imaginaires. Persuadé d'être en possession du couteau le plus robuste jamais vu chez les Hommes-qui-savent, presque grisé par ce nouveau pouvoir, il en oublie complètement le sac de Mounj. Celui-ci en profite pour le mettre en bandoulière et le dissimuler dans son dos. S'il est encore en vie lorsque viendra la prochaine lune, il aura perdu un poignard mais sauvé ses dessins. Maintenant qu'il les a retrouvés, il se sent moins nu, moins fragile... Moins prisonnier.

chapitre quinze

LE PIÈGE

Mounj passe le reste de la journée à fouiller les alentours immédiats du camp. En vain. Les traces sont trop nombreuses, les sentiers foulés par la tribu depuis trop longtemps pour révéler quoi que ce soit. La nuit venue, de nouveaux hommes sont désignés pour se mettre en embuscade. On déplace les faux-hommes pour faire croire à un changement de position des gardes. Comme la veille, pendant que la tribu dort dans la galerie, les chasseurs se relaient autour du feu. Ils regardent avec anxiété en direction des entrées de la grotte. En amont, ils discernent les silhouettes des faux-hommes éclairées par les feux chargés de réchauffer le camp vide. À l'autre extrémité du tunnel, en aval, pas de feu, mais on devine les contours des deux faux-hommes grâce à la lueur de la lune, très claire dans la nuit froide.

Quand vient le moment de se coucher, Haoud installe Mounj entre Maï et lui, interdisant par là même toute discussion avec son frère aîné. Le moindre mouvement suffira à mettre le jeune chasseur en alerte, Mounj abandonne tout espoir de retourner explorer Womb cette nuit, et doit se contenter de dormir.

*

La nuit passe sans qu'aucun événement ne vienne perturber le sommeil de la tribu. En se réveillant, Mounj comprend que le piège, une nouvelle fois, n'a pas fonctionné. En effet, c'est le même résultat décevant que la veille. Le tueur ne s'est pas montré et il faudra recommencer la nuit suivante. L'agacement gagne les Hommes-qui-savent à l'idée de passer une nuit supplémentaire à se cacher, peut-être pour rien. Les femmes en ont assez de dormir dans la galerie, les hommes de se tenir sur leurs gardes sans pouvoir se reposer. Pour Mounj, ce n'est pas seulement un coup pour rien, c'est une nuit de plus qui le rapproche du sacrifice. Cependant, il ne montre pas son dépit aux Hommes-qui-savent. Il n'y a qu'avec Maï qu'il échange un regard inquiet. Le jeune homme se veut amical et rassurant:

— Il reste quatre jours, le tueur n'est jamais resté si longtemps sans frapper, il frappera à nouveau avant la fin de cette lune.

Mounj s'interdit de désespérer. Il s'affaire et donne des instructions pour ne pas rester sans réaction face à ce nouvel échec : il faut consolider les faux-hommes parce que la terre sur les crânes commence à craqueler et se détacher. Il faut les coiffer et les habiller différemment, leur donner une autre posture, afin que le tueur, s'il était venu pour observer le camp lors des nuits précédentes, ne trouve pas suspect que des guetteurs ne changent jamais d'attitude. On obéit mais la grogne réapparaît. On dit que le tueur et l'Homme-qui-dessine sont complices. Certains prétendent même qu'ils ne font qu'un. Le fait qu'il n'y ait plus eu d'attaques depuis qu'il est sous la surveillance permanente de Maï et Haoud en est la preuve ! On commence à douter de Djub et à lui reprocher de n'avoir pas su prendre seul les bonnes décisions. Celui-ci s'inquiète. L'émoi qui agite le clan semble se répandre comme le feu d'arbre en arbre quand la forêt brûle lors des grandes sécheresses. Le chef entraîne l'Homme-qui-dessine à part et lui annonce qu'il va organiser une battue. Mounj trouve l'idée très mauvaise :

– Les chasseurs sont très exposés pendant les battues, trop éloignés les uns des autres. C'est l'idéal pour le tueur.

– Nous resserrerons les rangs. Nous prendrons les femmes et les enfants en âge de tenir un bâton s'il le faut, mais si nous ne faisons rien, ce n'est pas bon pour la tribu. Les hommes ont besoin d'action. L'attente les rend fous.

– Les tiens doivent être patients. Le tueur se manifestera, tôt ou tard.

– Peut-être qu'il nous a surpris en train de fabriquer les faux-hommes. Il a compris ce qui se préparait.

Mounj fait une moue dubitative. Il se risque à proposer une autre explication, mais elle ne plaira pas au chef :

– Ou il a un complice à l'intérieur de la tribu.

La réaction de Djub est immédiate ; sa large main s'écrase sur la poitrine de Mounj et ses yeux gris se plantent dans les siens, aussi menaçants que ceux d'un ours surpris dans son sommeil au fond d'une grotte :

– Je connais ma horde, le tueur n'est pas parmi nous. Il est là, dehors, dans la forêt, et puisqu'il ne vient pas à nous, nous irons à lui.

Il laisse Mounj pantelant, et regagne le lieu de rassemblement du conseil. Une espèce d'instinct fait comprendre au clan qu'il va s'adresser à eux ; hommes et femmes lui emboîtent le pas et s'apprêtent à l'écouter.

Djub n'a pas besoin de monter sur un rocher pour se faire entendre. Il est si grand qu'il domine la plupart des hommes, sa poitrine si large que ses mots montent jusqu'au plafond de l'immense voûte que forme l'entrée du tunnel. Malgré le bruit de la rivière, on parvient à en entendre l'écho.

– On ne peut plus attendre sans rien faire. Nous continuerons à guetter le tueur pendant la nuit, mais nous le traquerons pendant le jour.

Sa voix puissante galvanise immédiatement la horde.

– Nous allons organiser une battue et le débusquer comme un félin, parce qu'il vit comme un félin : seul et caché. Il utilise la rivière pour se déplacer sans laisser de traces. Nous avancerons par groupes de trois et longerons les berges en amont et en aval. Nous chercherons le moindre signe de vie : empreintes, restes de braises ou de repas, branches cassées sur son passage... Un humain laisse toujours quelque chose derrière lui.

– Womb ! Womb ! scande le clan.

– Allez, et soyez de retour avant la nuit, ordonne Djub.

Les cris des jeunes hommes excités par la perspective de la chasse se font entendre, puis chacun s'arme. Pendant ce temps, les anciens les répartissent en groupes et leur assignent un côté ou l'autre de la rivière, en partant d'une entrée ou de l'autre du tunnel.

Peu après, les hommes se mettent en route. Djub et les anciens leur répètent de ne jamais se séparer et de ne pas se laisser distraire par le gibier qu'ils pourraient rencontrer : pas de chasse aujourd'hui. Découvrir le tueur est plus important et nécessite toute leur attention. Il en va de leur vie.

Tout l'après-midi, les femmes attendent le retour de leurs hommes avec appréhension. Le soir venu, ils regagnent la grotte... Tous vivants mais bredouilles. La cache du tueur n'a pas été découverte. Les groupes qui devaient avancer en direction du couchant sont allés aussi loin qu'ils pouvaient en une journée de marche, mais les abris dans la roche sont trop nombreux pour qu'ils aient pu les explorer tous, et les sentes empruntées par les animaux si vieilles qu'il leur a été impossible de distinguer les pas d'un homme parmi la multitude de traces de sabots et de pattes. Les chasseurs envoyés vers le levant ont presque atteint l'autre vallée, là où la rivière tourne pour rejoindre la grande rivière. Aucune trace du tueur là-bas non plus.

C'est l'abattement dans le camp. Le bel enthousiasme avec lequel les chasseurs s'étaient mis en route le matin est retombé. Non seulement les hommes n'ont pas débusqué le tueur mais la tribu n'aura pas de viande fraîche ce soir. Les grands froids approchent et le gibier se fait rare, il faut profiter des derniers jours de chasse afin d'entamer le plus tard possible les réserves de viande. Ce sont surtout les femmes qui se plaignent, car ce sont elles qui font sécher la viande et veillent à ce que les provisions durent toute la saison froide.

Les hommes, eux, s'assoient lourdement après cette journée de marche et envisagent avec amertume une quatrième nuit de garde. Déjà, le soir tombe. On installe les enfants dans la galerie, les femmes replacent les gardes de paille et de terre, et alimentent les feux pour recréer l'illusion d'un camp endormi. Cette fois, Mounj se porte volontaire pour faire partie des hommes qui se tiendront en embuscade. Haoud et Maï sont d'accord pour en être. Djub, qui voit d'un bon œil le renfort de trois hommes pour remplacer ceux qui ont été de garde la veille, donne son accord. Une fois les deux équipes constituées, elles se dispersent dans les fourrés, l'une à l'entrée du levant, l'autre au couchant. À la faveur des dernières lueurs du jour, chacun prend place, trouve la meilleure position, et fait silence. Mounj, Haoud et Maï se sont glissés dans des buis à travers lesquels ils peuvent voir sans être vus. Té a grimpé à un arbre encore assez feuillu pour cacher un gros fruit comme lui. Il s'est installé de façon à pouvoir garder un œil sur l'entrée de la grotte tout en scrutant la frondaison. Pè ferme le demi-cercle, tapi sous une couverture de fougères qui lui tient chaud et le rend complètement invisible. Maï et Haoud encadrent Mounj à une vingtaine de pas chacun. Ainsi, même s'ils ne le voient pas, ils espèrent pouvoir surveiller ses mouvements en même temps qu'ils guetteront le tueur. Haoud, surtout, se tient prêt à bondir s'il prenait l'envie au prisonnier de s'évanouir dans la nuit.

Dans un premier temps, les sentinelles observent la forêt et découvrent ce qu'il y a autour d'eux. Il faut repérer tout ce qui peut tromper : le feuillage qui bouge, les troncs qui ressemblent à un homme à l'affût, les branches qui craquent... Cette nuit est plus froide et plus noire que la veille. D'épais nuages cachent la lune ; un instant rassurés d'être ainsi rendus invisibles, les hommes comprennent que cela favorise aussi le tueur. Ils se disent qu'à sa place, ils choisiraient une nuit comme celle-ci pour attaquer. Ils n'ont plus que leurs oreilles pour détecter sa présence, leurs oreilles et leur expérience de chasseurs.

Commence l'attente. Silencieuse, immobile. Il faut écouter sans bruit, entendre la proie approcher sans qu'elle sente votre présence. Ne pas trembler de froid. Ne pas laisser les muscles s'engourdir, ne pas bouger non plus... Ne pas faire crisser les feuilles mortes sous son corps. Surtout, repousser les questions, et la peur qui les accompagne : Qu'est-ce qui va venir ? Monstre ou sorcier ? À quelle sorte d'homme faut-il s'attendre ? Comment le vaincre si le combat s'engage ?

Mounj lève la tête vers le ciel mais le buis est trop épais et le ciel trop bouché pour qu'il puisse voir la moindre étoile, ces drôles de torches qui brillent loin, très loin, et qu'aucune main ne tient. Jamais au même endroit. Nuit après nuit, elles bougent, et réapparaissent le lendemain là où on ne les attend pas. Combien de fois a-t-il demandé à son père ce qu'étaient ces feux au-dessus des humains! «Des yeux, lui répondait-il. Des yeux qui nous regardent comme nous les regardons.» Mais les yeux de qui? Des yeux sans visage? Certaines tribus leur donnent des noms et les adorent, d'autres prétendent qu'elles sont les esprits de tous les chasseurs morts, qu'il ne faut pas les fixer trop longtemps pour ne pas les offenser. Mounj se dit qu'il y a des secrets mieux gardés que les peintures sacrées des Hommes-qui-savent, quand un premier bruissement se fait entendre. Puis un deuxième, plus net, là, à seulement quelques pas derrière lui. Quelque chose a bougé. Ni le vent ni un animal. C'est plus lourd et plus discret à la fois.

S'il se retourne, le froissement des feuilles trahira sa présence. Il était censé piéger le tueur, c'est lui qui est sur le point d'être découvert! Il est trop tard pour tenter quoi que ce soit. Le tueur sera sur lui d'un instant à l'autre; il lui reste à vivre le temps que mettra la sagaie pour fendre l'air. Il n'ose pas attirer l'attention de Haoud ou de Maï. Il reste tapi, incapable du moindre mouvement. Le seul bruit qu'il s'autorise à faire est celui de son cœur qui bat. Il retient son souffle, convaincu que ce sera son dernier.

L'attente dure, insupportable, presque plus âpre que la peur. N'entendant plus rien, lassé de cette immobilité, il se décide à agir. Pourtant, il sait que l'erreur fatale à la proie est de céder à l'impatience. Il s'assure de tenir fermement la hache qu'on lui a confiée, ramène ses coudes sous son buste, très lentement, et d'un bond, se dresse et se retourne. Rien ne se passe. Il se retrouve face aux ténèbres et à la forêt muette. Il sent qu'il y a quelque chose, quelqu'un qui l'observe et va l'empaler s'il ne se met pas à l'abri ou ne fond pas tout de suite sur lui. Au moment où il s'apprête à foncer, une ombre sort de derrière un arbre, le coupant net dans son élan. Le tueur est beaucoup plus petit que Mounj ne l'avait imaginé. Il tient à la main un morceau de bois accroché à une sagaie, courte et légère, comme celles qui ont servi à tuer les Hommes-qui-savent. L'ombre pointe son arme vers lui, fait un pas dans sa direction. Mounj arme son bras ; la silhouette hésite, s'arrête, puis à sa grande surprise, baisse sa garde. Mounj fait un pas en avant à son tour. L'ennemi est à portée de sa hache maintenant. Pourtant celui-ci ne bouge pas ; son arme pend au bout de son bras, il ne fait même pas mine de se protéger. Mounj s'approche encore, il distingue parfaitement le visage du tueur à présent. C'est celui d'une femme.

chapitre seize

TADE

Une femme! Du même peuple que lui! Une femelle Homme-droit! Ses cheveux noirs se confondent avec la nuit. Elle est aussi étonnée que Mounj mais une fois la surprise passée, elle retrouve ses réflexes de femme aux abois, jetant de rapides coups d'œil à droite et à gauche, puis par-dessus l'épaule de Mounj. Elle voit l'entrée de la grotte, les gardes peut-être plus immobiles que d'habitude, les feux peut-être moins nourris; puis elle fouille la forêt des yeux, elle comprend qu'elle est tombée dans un piège. Elle est sur le point de fuir quand Mounj la retient.

– Non, attends! chuchote-t-il.

Il a posé sa main sur son bras, sans le serrer; elle pourrait partir mais Mounj n'a rien d'effrayant, son air ébahi la rassure. Il n'est pas un Homme-qui-sait, ce n'est pas lui l'ennemi. Mais, alors, que fait-il ici ?

Il s'accroupit et l'invite à en faire de même. Il couvre sa bouche de la main et lui fait signe qu'ils ne sont pas seuls. Elle continue à se méfier et à surveiller les fourrés mais elle comprend qu'il n'a pas l'intention de donner l'alerte. Il tend l'oreille ; aucun bruit ne lui parvient du côté de Haoud ou de Maï ; ils ne semblent pas les avoir entendus.

La Femme-droite et Mounj s'observent en silence. Il prend le temps d'étudier l'arme qu'elle tient toujours fermement. On dirait un simple morceau de bois en forme de massue mais sa ligne élancée épouse parfaitement le premier tiers de la sagaie. Il est doté d'une poignée à une extrémité et une tête de bouquetin a été gravée dans sa partie évasée, à l'autre extrémité. Mounj n'en comprend pas l'utilisation mais il n'a aucun doute sur cet ustensile ; apparemment simple morceau de bois, c'est ça qui procure la puissance et la précision qui ont permis au tueur – à la tueuse – d'atteindre les gardes de si loin. Cette femelle est très jeune. Son corps tout entier est souple et ferme mais elle n'est pas femme depuis très longtemps. Ses seins n'ont jamais donné, son ventre n'a jamais porté. Elle détaille Mounj en retour. Il fait si sombre qu'elle doit s'approcher encore un peu pour découvrir son visage. Elle n'a pas vu d'Homme-droit depuis plusieurs lunes mais elle n'a pas le souvenir de traits si fermes. Les mâles de sa tribu étaient tous chétifs, celui-ci est musculeux et en pleine santé. Elle est surprise de voir un de ses semblables alors qu'elle les croyait tous disparus de ces montagnes. Elle pensait être la dernière. Mounj, tout aussi incrédule, se dit qu'elle est celle qu'il cherche depuis plus de trois hivers. Il devrait se réjouir de cette rencontre qu'il n'osait plus espérer, mais le temps est à l'action. Il lui faut penser vite. Si c'est elle qui tue les Hommes-qui-savent, il doit la livrer pour survivre. Mais alors, il perd tout espoir d'avoir une descendance. S'il la laisse filer, c'est lui qui mourra. Dans un cas comme dans l'autre, il échoue dans sa mission : il n'aura jamais de fils, et la lignée des Hommes-qui-dessinent s'achèvera. Penser et agir vite. Haoud et Maï ne vont pas tarder à s'apercevoir de quelque chose.

– C'est toi qui tues les Hommes-qui-savent, chuchote-t-il.

Elle ne répond rien.

– Je m'appelle Mounj. Et toi ?

– Tade, répond-elle tout aussi bas.

– Tade. Où sont les tiens ?

– Tous morts.

Elle a dit cela en le fixant et en serrant les mâchoires.

– Que leur est-il arrivé ?

– Massacrés par les Hommes-qui-savent.

– Les...

Mounj se retourne vers la grotte. Les Hommes-qui-savent lui auraient menti? Il n'arrive pas à croire que Maï lui ait caché ça.

– *Ces* Hommes-qui-savent, cette tribu-là?

– Oui.

Il repense aux peintures sacrées, à la scène de tuerie qu'elles représentaient.

– C'est pour ça que tu prends leur vie, une par une?

– Oui, je les tuerai tous, jusqu'au dernier, comme ils l'ont fait avec ma famille.

– Tu les as vus faire?

– Oui.

– Comment en as-tu réchappé?

– Je n'étais pas au camp ce jour-là, j'étais allée chercher des lianes.

– Alors, comment peux-tu être certaine que ce sont eux?

– J'ai vu l'un d'eux quitter notre camp. J'étais loin, mais j'ai reconnu un Homme-qui-sait. Quand je suis arrivée, les miens étaient tous morts.

Mounj revoit l'Homme-qui-sait représenté en train de tuer les Hommes-droits.

– Pourquoi les Hommes-qui-savent auraient-ils fait ça?

– Je ne sais pas, nous étions en paix avec eux.

La Femme-qui-sait et l'Homme-droit en train de s'accoupler!

– Est-ce que l'un de vos mâles a pris une de leurs femelles?
– Qu'est-ce que...? Pourquoi me demandes-tu ça?
– Un de leurs hommes a peut-être voulu se venger.
– Je ne sais pas de quoi tu parles, mais je prendrai leur vie comme ils ont pris celles de mes parents et de mon frère.
– C'est avec ça que tu les tues?
Il désigne la sagaie et le morceau de bois. Elle acquiesce. Il tend la main en espérant qu'elle le laissera les prendre mais elle a un mouvement de recul.
– Montre-moi ta sagaie.
– Non. C'est une arme dont mon clan avait le secret. Je ne peux pas te la montrer.
– Ton secret ne te rend pas invincible. Les Hommes-qui-savent sont après toi, ils te captureront tôt ou tard. Tu dois quitter leur territoire.
– Je veux d'abord venger mon peuple.
– Tu ne peux pas mourir, ta vie est trop précieuse. Notre peuple a besoin de femelles et de mâles en bonne santé, comme toi et moi.
Elle s'interrompt, le temps de méditer sur la remarque singulière de Mounj.
– Je ne cesserai que lorsque je les aurai tous tués.
– Ils te tueront avant, ils y sont décidés. Ils n'ont plus peur, ils savent que tu es seule.

– Grâce à toi, parce que tu les aides!

– Je ne savais pas que tu étais une Femme-droite. J'ignorais ce qui s'était passé.

Mounj ne sait plus ce qu'il doit faire. Comment manœuvrer pour que les Hommes-qui-savent abandonnent leurs recherches sans leur livrer la Femme-droite? Il réfléchit encore:

– Confie-moi ton arme.

– Que je...? Non. Tu vas la donner aux Hommes-qui-savent.

– Tu dois disparaître à jamais, mais laisse-moi ton arme. Je la leur remettrai comme preuve de ta défaite. Ce sera leur prise de guerre. Je dirai que je t'ai mise en fuite et que sans arme tu ne pourras plus les attaquer. C'est le seul moyen pour qu'ils me libèrent.

– Tu es leur prisonnier?

– Ils croient que je suis un sorcier et que ma magie porte les sagaies qui transpercent leurs chasseurs.

Elle réalise que celui qu'elle prenait pour un traître est en fait aux mains de ses ennemis, par sa faute.

– Ils sont là, ils ne vont pas tarder à arriver, il faut que tu fuies. Quitte ces montagnes et sauve-toi.

– Et toi?

– Si tes attaques cessent, ils n'auront plus de raisons de me retenir.

– Où est-ce que je te retrouverai?

– Suis la rivière en descendant jusqu'à la grande plaine, là où elle rejoint la grande rivière, à huit jours de marche d'ici. Attends-moi là-bas.

– Et s'ils te tuent?

Mounj détache son sac et le passe autour du cou de Tade.

– Ce que contient ce sac est sacré pour mon peuple. Ce sont des écorces de bouleau. Tu n'as qu'à suivre les traits qui sont dessinés dessus, rouleau après rouleau, ils te guideront jusqu'à ma tribu. Si je ne suis pas à la grande rivière avant la prochaine lune et la lune d'après, va sans moi, et confie ces dessins aux miens. Ils t'accueilleront, tu auras un nouveau clan.

Il saisit l'arme secrète. Elle refuse de lâcher prise.

– Tu as tué sept fois. Les tiens sont vengés. Tu seras plus utile à ton peuple vivante que morte maintenant.

Il la regarde d'une telle façon que cette vérité s'impose. Il a raison, il n'y a pas d'autre issue. Elle cède et relâche son étreinte. L'arme passe dans les mains de Mounj et les rouleaux de l'Homme-qui-dessine dans celles de Tade. Ils viennent de s'accorder une confiance mutuelle que ni l'un ni l'autre ne peuvent trahir.

– Il faut qu'ils croient que je me suis battu contre un ennemi farouche. Tape ici, dit-il en montrant la pommette de sa joue. Dès que tu m'auras frappé, va-t'en vite, ils n'auront pas le courage de te poursuivre dans la forêt en pleine nuit.

Il lui tend une pierre ronde ramassée par terre. Elle a un dernier regard pour lui, dur et déterminé. Mounj sait qu'elle n'hésitera pas ; le coup part sans qu'il ait le temps d'ajouter un mot. Il s'écroule sur le sol, presque inanimé ; déjà elle s'élance dans la nuit.

Quand il revient à lui, la course de la jeune femme entre les arbres a donné l'alerte. Mounj entend les cris de Haoud et de Maï qui appellent Té et Pè à la rescousse, puis leurs pas précipités. Les Hommes-qui-savent ne tardent pas à surgir, arme au poing, prêts à se battre. Aucun doute, ils ne feraient qu'une bouchée de la frêle tueuse ; mais Mounj sait qu'à la vitesse où elle court, Tade a déjà rejoint la rivière et s'est évanouie dans la nuit.

chapitre dix-sept

LES DEUX FRÈRES

– J'ai eu à peine le temps de le voir. Je me suis jeté sur son arme, et au moment où je l'ai saisie, il m'a assommé.

Mounj, à genoux par terre, se tient la tête en grimaçant. Il n'a qu'un seul but désormais : éloigner les Hommes-qui-savent de Tade, les détourner de leurs recherches, la sauver en lui laissant prendre le plus de distance possible avec le camp. Plus tard, il leur échappera et la rejoindra. Ensemble ils retourneront dans son clan pour enfin fonder une famille. Mais pour l'instant il doit vivre !

Au sol gît l'arme du tueur. Haoud la ramasse et émet un grognement de victoire. Il ordonne à Té et Pè de se lancer sur les traces de l'ennemi. Mais ceux-ci hésitent, ils n'osent s'enfoncer dans la forêt.

– Il a déjà beaucoup d'avance, dit Pè.

– La nuit est trop sombre. Nous ne le verrons pas s'il s'est caché, ajoute Té, tout aussi craintif.

Haoud râle contre les pleutres mais finit par se ranger à leur avis :

– Rentrons. Nous avons son arme, notre chef sera fier de nous.

Dès qu'ils aperçoivent le petit groupe, les hommes qui veillaient encore autour du feu dans le long tunnel comprennent que quelque chose s'est passé : si les guetteurs ont quitté leur poste, c'est qu'ils ont surpris le tueur ! Ils se précipitent vers eux, et une fois à leur niveau, ils sont rassurés de constater que Té, Pè et les deux fils du chef sont indemnes, mais déçus d'apprendre que le tueur n'a pas été capturé. Cependant, la blessure de l'Homme-qui-dessine et le récit de son aventure les mettent en émoi. Leurs cris et leurs exclamations réveillent Djub et les anciens du conseil. Ceux-ci descendent dans le grand tunnel, et les fils du chef leur racontent l'attaque et la mise en déroute du tueur. Cela provoque une telle animation que très vite, la tribu tout entière quitte la galerie pour entendre Haoud raconter inlassablement cet exploit auquel il n'a pourtant pas directement pris part. Les chasseurs qui surveillaient l'autre entrée de la grotte, avertis par la rumeur qui provient de l'intérieur du tunnel, sortent eux aussi de leur cachette pour rejoindre le clan. C'est l'effervescence autour de l'Homme-qui-dessine.

On oublie qu'aujourd'hui même, on l'accusait d'être de connivence avec celui qui décime le clan. Maintenant, il est le guerrier valeureux qui a pu le toucher. Grâce à lui, l'ennemi est bien réel. Chacun y va de sa question, on le presse, on veut savoir à quoi ressemble l'ombre qui a plongé la tribu dans la terreur. L'aura de Mounj est étendue aux quatre autres embusqués. Ils étaient là eux aussi, ils ont presque vu le tueur, on les admire de la même façon et on continue à écouter Haoud qui parade. Au fur et à mesure, il ajoute de nouveaux détails, enjolivant son rôle dans ce qui est devenu un véritable fait d'armes. Il parle haut et fort, bombe le torse en brandissant l'arme magique dont il s'approprie la prise. Quand il croise le regard de Sila, il se dresse fièrement mais elle se détourne, serre son enfant un peu plus fort dans ses bras et quitte les rangs des admiratrices. Maï ne fait rien pour contredire son frère, il préfère se préoccuper de l'état de Mounj. Celui-ci donne l'impression de ne pas être complètement remis du coup qu'il a reçu. Il ne viendrait à l'idée de personne que sa blessure, bien que réelle, lui a été infligée à sa demande.

Les cinq hommes sont invités à s'asseoir autour du feu avec les sages du conseil. Les femmes et les enfants les entourent, au comble de l'excitation. Le bruit est tel que Djub doit crier pour demander le silence. Lorsqu'il l'obtient enfin, il s'empare de l'arme, l'inspecte sous tous les angles et en découvre rapidement le fonctionnement, d'une simplicité déconcertante. Comment n'y avoir pas pensé plus tôt? Le bout de bois dans lequel la sagaie vient se ficher joue le rôle d'un deuxième bras. Il s'ajoute à la force du chasseur, donnant ainsi deux fois plus de vitesse et de portée au projectile.

– Je n'ai jamais vu une arme pareille, affirme le chef en calant la sagaie dans le lanceur.

Puis il écarte les badauds et fait aller et venir la sagaie plusieurs fois au-dessus de sa tête pour trouver le bon mouvement à lui donner. Enfin, il arme son bras et la propulse de toutes ses forces tout en maintenant le lanceur entre ses doigts. La sagaie traverse la distance qui les sépare de l'entrée du tunnel à une vitesse jamais atteinte par leurs lances, et va se perdre dans le terre-plein devant la grotte. Un cri d'admiration monte du clan. Le chef échange avec ses chasseurs des sourires satisfaits, conscient de la nouvelle puissance que confère au clan cette prise de guerre. Les membres du conseil s'impatientent et veulent eux aussi prendre l'objet mystérieux entre leurs mains. Djub le leur fait passer, et malgré les rides, leurs visages s'animent comme s'ils avaient l'âge de leurs fils.

– C'est grâce à ça que le tueur a pu atteindre nos gardes sans sortir de la forêt, dit Hué, le dernier sage entré au conseil.

– Il est désarmé maintenant, dit Mounj. Il ne pourra plus attaquer les Hommes-qui-savent.

– Il peut facilement fabriquer un nouveau lanceur, le contredit Djub.

– Il ne tuera plus, j'en suis certain. Il va courir toute la nuit et tout le jour et quitter ces montagnes.

Mounj espère convaincre la tribu que la chasse à l'homme est terminée. Mais Djub, en chef prudent, raisonne :

– Tant qu'il est en vie, la tribu est en danger, rappelle-t-il.

– Il n'y a qu'à brûler la forêt autour des entrées de la grotte, propose Haoud. Dégager les abords assez loin pour que ses sagaies, même avec cette arme nouvelle, ne puissent plus nous atteindre.

– Les arbres sont verts et vigoureux, ils ne brûleront pas facilement, lui rétorque le jeune Té.

– Alors traquons le tueur, dit Haoud avec véhémence. Et tuons-le !

– Sa piste sera encore fraîche au lever du soleil. Il ne sera pas difficile de la remonter, s'emballe à son tour le jeune Pè.

Les trois jeunes chasseurs, parce qu'ils se tiennent autour du même feu que les anciens, agissent comme si ces derniers n'étaient pas là, comme s'ils pouvaient parler à leur place. Une nouvelle fois, Haoud et ses compagnons font preuve d'irrévérence envers les sages de la tribu, mais ceux-ci se montrent incapables de prendre les décisions qui s'imposent pour protéger le clan, aussi les jeunes en profitent-ils pour proposer leurs solutions. Elles ne sont pas moins sensées que le silence des sages ; le clan les écoute et les sages eux-mêmes en considèrent la faisabilité.

– Comment comptez-vous l'attraper ? demande Hué. Il ne retombera pas dans le piège de l'Homme-droit.

– Il faut reprendre les battues, dit Haoud. Il se sait traqué maintenant. Il va fuir, et dans sa précipitation, il va laisser des traces.

– Il n'aura pas le temps de fabriquer un nouveau lanceur. Nous pouvons nous élancer sur sa piste sans risque, ajoute Pè.

– Ce dont nous avons besoin pour l'hiver, c'est de gibier, pas de trophées humains, lui répond Hué, agacé par l'attitude des jeunes chasseurs.

– Hué a raison, intervient le plus âgé des sages. Nos provisions ne sont pas encore suffisantes. Les battues sont trop dangereuses ; et puis, on ne sait jamais combien de jours elles peuvent durer, ajoute-t-il avant de se tasser à nouveau sous sa peau.

– Nos anciens auraient-ils peur d'un homme seul et désarmé ?

Avec cette dernière déclaration, Haoud est allé trop loin. Djub est contraint de sévir s'il ne veut pas que le conseil lui reproche sa faiblesse :

– Ce n'est pas aux sages de rendre des comptes aux jeunes de la tribu, lance-t-il en se dressant devant son fils.

Haoud est trapu et puissant mais son père le domine d'une tête et l'oblige à baisser les yeux. Il ne recule pas cependant, pas plus que Té ou Pè ne se lèvent.

– Que tout le monde retourne se coucher. Demain, le conseil décidera de ce qu'il faut faire. En attendant, que mon fils se contente d'obéir aux ordres et surveille le prisonnier. Le piège de l'Homme-qui-dessine a prouvé qu'il était habile, Haoud et Maï doivent redoubler d'attention pour ne pas qu'il s'échappe.

La tribu s'apprête à regagner la galerie, Haoud est lui aussi sur le point de s'exécuter, imité par Pè et Té qui sortent finalement du cercle, quand Mounj bondit sur ses pieds pour se planter devant le chef :

– Les Hommes-qui-savent doivent me libérer.

D'abord surpris par la vivacité de celui qu'il croyait à moitié assommé, Djub se ressaisit et use de sa stature imposante pour faire taire le prisonnier, de la même façon qu'il a rabroué son fils.

– Tu n'as pas capturé le tueur, tu n'es pas encore libre.

Les hommes et les femmes de la tribu, qui avaient commencé à se disperser, hésitent à rompre complètement le cercle. Les enfants reviennent en jouant des coudes pour entendre ce que dit le prisonnier:

– Vous savez maintenant que ce n'est pas moi qui ai tué les vôtres.

– Leurs esprits réclament toujours vengeance, quelqu'un doit être sacrifié à la prochaine lune pour les apaiser. Si ce n'est pas le tueur, ce sera toi.

Mounj fixe Djub. Celui-ci ne dit pas tout. Si Tade a dit la vérité, et si un ou plusieurs chasseurs de la tribu ont massacré le clan des Hommes-droits, Djub le sait forcément. Comment pourrait-il en être autrement? C'est même probablement lui qui a fait ces dessins dans la salle des peintures sacrées, pour confier cette histoire à Womb, parce que tout ce qui arrive au clan doit être dessiné sur les parois de la grotte mère. Pourtant, ni Djub ni personne n'a jamais évoqué ce massacre! Djub a menti en affirmant que les Hommes-qui-savent et les Hommes-droits vivaient en paix, et que ces derniers avaient disparu petit à petit, décimés par un mal inconnu. Cependant, Mounj ne peut pas révéler ce que Tade lui a appris car il lui faudrait alors avouer que le tueur est un membre de son propre peuple, à qui il a parlé au lieu de le capturer. Les Hommes-droits le tueraient sur-le-champ en guise de représailles; s'il avouait avoir exploré Womb pendant que la tribu dormait, aussi! Il doit s'en sortir autrement, sans parler de Tade ni des peintures.

– Vous aviez promis de me libérer si je montrais que les morts de vos chasseurs n'avaient rien à voir avec la magie. J'ai réussi! dit-il en montrant le morceau de bois sculpté. Vous avez la preuve que le tueur n'était ni un sorcier ni un esprit, seulement un chasseur rusé.

Mais le chef refuse de discuter plus longtemps:

– Emmenez-le dans la tanière de l'ours. Qu'il y reste jusqu'à la prochaine lune.

– Me tuer ne changera rien! lance Mounj à l'adresse du conseil.

Djub ne veut rien entendre. Il accompagne ses paroles d'un large geste. Haoud saisit une torche, la plonge dans un des feux pour l'embraser, et pousse l'Homme-qui-dessine vers l'entrée de la galerie. Maï, cependant, refuse de se mettre en mouvement. C'est un deuxième coup de tonnerre quand il se lève et se met en travers du chemin de son frère tout en s'adressant à son père:

– L'Homme-qui-dessine a raison, père.

C'est tellement inattendu, le clan est tellement peu habitué à voir Maï affronter son père – affronter qui que ce soit – que tous sont frappés de stupeur.

Djub ne se laisse pas impressionner pour autant. Il a fait preuve d'une trop grande faiblesse depuis quelques jours; il vient de soumettre Haoud, son fils le plus jeune et pourtant le plus dur, il est bien décidé à traiter Maï de la même façon. Son autorité ne sera plus discutée.

— Quelqu'un doit mourir pour toutes les vies prises. Ainsi en a décidé le conseil.

— Non! Le conseil avait demandé à l'Homme-qui-dessine de lutter contre la magie avec son savoir. Il n'y a pas de magie, l'Homme-qui-dessine a percé ce mystère, il doit être libéré.

— Il sera sacrifié.

— Pourquoi?

— Pour apaiser l'esprit de nos frères morts. Nous devons les venger pour qu'ils puissent trouver le pays des rêves. Ainsi le veulent les esprits, Womb exige une vie!

— Pas n'importe quelle vie! Celle du tueur.

— L'Homme-qui-dessine ne nous l'a pas livré. Il prétend même qu'il s'est enfui et ne reviendra plus.

— Ce n'est pas en prenant sa vie que...

— La vie d'un étranger compte moins que le respect de nos morts.

Djub a élevé la voix, mais Maï n'en paraît nullement ébranlé.

— L'Homme-qui-dessine n'est plus un étranger. Cette nuit il s'est battu contre le tueur, pour notre peuple, à nos côtés.

— Ça suffit, Maï. Obéis et emmène-le. Il sera sacrifié à la prochaine lune, j'ai parlé!

Djub repousse son fils, mais celui-ci ne s'écarte pas. Au contraire, il résiste et se tend davantage, tel un cerf prêt à foncer, bois en avant, contre le front de son opposant pour le briser. Son père en est estomaqué.

— Le conseil avait promis, père. Il doit tenir parole. Si nous sacrifions Mounj, les esprits en seront offensés.

— *Mounj*? Tu nommes l'Homme-qui-dessine comme si tu étais l'un des siens!

Djub se sent impuissant face à la subite résistance de son fils aîné, alors il se laisse emporter par la colère:

— Tu oublies que tu appartiens au peuple des Hommes-qui-savent.

Contre toute attente, alors que la plupart des chasseurs auraient reculé devant l'air furibond de leur chef, Maï ne cède toujours pas. Au contraire, si frêle soit-il face à la silhouette d'ours qui se dresse devant lui, il soutient le regard paternel et parle avec une conviction qui se renforce au fur et à mesure que l'affrontement dure:

— Un Homme-qui-sait ne ment pas aux esprits.

Plus Djub s'énerve, plus Maï s'affirme. Le chef n'a plus d'emprise sur son propre fils! Il ne comprend pas ce qui arrive à son clan depuis quelques jours. Il n'est plus le guide que l'on suit sans douter ni le chef à qui l'on obéit sans poser de questions. C'est comme s'il avait perdu son autorité et la confiance des siens. Cependant, les révoltes de Maï et de Haoud ne se ressemblent pas. Si le premier cherche à sauver celui dont il se sent plus proche que de ses semblables, le deuxième bout d'impatience à l'idée de démontrer sa bravoure et ses mérites de futur chef. Les fils de Djub, bien qu'ils aient tous deux manqué de respect à leur père, continuent de se détester. Haoud, soucieux de regagner les faveurs de son père après s'être fait réprimander un peu plus tôt, profite de la situation de Maï pour racheter sa conduite tout en discréditant davantage son aîné aux yeux du clan :

– Mon frère ferait mieux de trouver une femelle plutôt que de s'occuper des Hommes-droits.

Mounj, pris entre les deux frères, voit le visage de Maï se figer, puis ses muscles se bander. Il sent la colère, née de la frustration, l'envahir tout entier. Le clan l'a sentie également, mais tous croient que l'aîné va se taire comme il s'est toujours tu face à ce frère brutal, stupide et orgueilleux. Cette fois pourtant, Maï, qui n'a pas plié devant son père, ne plie pas devant son frère non plus. Des flots de haine le submergent, qui, avec la force et la vitesse d'une rivière endormie soudain réveillée, emportent tout sur leur passage. Maï se retourne en pivotant sur lui-même en même temps qu'il lance son bras de toutes ses forces. Il atteint son frère en pleine figure. Haoud s'écroule, presque assommé. Il réussit à poser un genou à terre, évitant ainsi de s'affaisser complètement. Il reste dans cette position un moment, pendant lequel la tribu contemple, effarée, la violence de Maï.

– C'est comme ça que Haoud s'occupe des femmes? crie-t-il, lèvres retroussées, tel un loup qui va mordre à nouveau.

Rien de sa colère ne s'est évanoui; elle est là, inaltérée, prête à éclater à nouveau. De même que sa détermination a crû face au courroux de son père, son hostilité pour son frère se renforce alors qu'il vomit sa bile. La tribu est parcourue par une rumeur. Personne n'a jamais osé évoquer ce que Haoud a fait à Sila. Sila a eu un enfant seule, elle n'a jamais dit autre chose, et personne n'aurait envisagé de dire autre chose. C'est devenu un silence partagé, une de ces histoires connues de tous mais qui ne se racontent pas. Les têtes se tournent, on la cherche dans la foule, on veut connaître sa réaction... Mais elle n'est plus là. Elle s'est éloignée avec son enfant.

Haoud lui-même n'en revient pas. Il tâte sa lèvre ouverte et regarde avec étonnement son sang couler sur ses cuisses. Il reprend ses esprits, se relève difficilement. Quand il se redresse enfin pour faire face à Maï, tout le monde s'attend à ce qu'il s'élance pour un combat à mort. En attaquant le premier, Maï lui a donné le signal qu'il attendait. Il a frappé son propre frère pour défendre un étranger, un ennemi; bien que la loi du clan interdise les combats entre chasseurs, on lui donnera raison. Son père lui-même approuvera la correction qu'il s'apprête à infliger à Maï. Pourtant, Djub intervient:

– Haoud, non! Deux frères ne s'affrontent pas pour un Homme-droit.

Puis, s'adressant à Maï:

– Tu as enfreint nos lois. Une fois que la vie de l'Homme-qui-dessine aura été offerte aux esprits, le conseil se réunira pour décider de ton sort. En attendant, emmène le prisonnier dans la tanière de l'ours. Tu dormiras dans la première galerie. Haoud, tu en surveilleras l'entrée depuis ici.

Enfin, se tournant vers la tribu, il ordonne:

– Que les femmes et les enfants aillent se coucher maintenant, ainsi que les hommes dont c'est le tour de dormir.

Le combat fratricide n'aura pas lieu. Haoud demeure hagard, les poings serrés, le corps encore prêt au combat. Il fixe tour à tour son père, les sages du conseil, la horde... Personne n'ose croiser son regard.

Maï, pendant ce temps, disparaît dans la galerie. Il s'empare de deux torches et entraîne Mounj à sa suite. Au moment où les femmes escaladent la paroi, lui et son prisonnier ont déjà atteint la salle en forme de puits, au bout de la galerie, et ils s'enfoncent dans les profondeurs de la terre. Le jeune chasseur pousse l'Homme-qui-dessine, résigné.

chapitre dix-huit

PRISONNIERS DE WOMB

Maï et Mounj avancent en silence dans les entrailles de la montagne.

C'est la troisième fois que Mounj emprunte ce cheminement. Ses pas sont plus assurés que lorsqu'il était mené par la petite troupe de chasseurs qui venaient de le capturer. Maï en faisait partie, celui-ci se souvient du chemin jusqu'à la tanière de l'ours, mais il n'est pas rassuré. Même si Womb est la mère protectrice, elle fait peur aux Hommes-qui-savent ; elle est un ventre sombre et profond qui peut avaler les humains sans les rendre, de la même façon qu'elle détient et protège à la fois les peintures sacrées. Maï n'a eu le droit de les admirer qu'une fois, lors de la cérémonie des enfants, quand il est devenu homme. Ils étaient quatre de son âge, garçons et filles. Yeux fermés, tête baissée, s'accrochant à l'épaule de celui qui précédait, guidés par les anciens, effrayés par ce qu'ils leur avaient dit avant de pénétrer dans Womb, par les chants qu'ils entonnaient et qu'ils n'avaient jamais entendus auparavant. Il se souvient de drôles de bruits, aussi stridents que le cri des oiseaux, qui provenaient de petits os dans lesquels les sages soufflaient.

Dans la salle en forme de puits, ils avaient dû attendre longtemps et écouter les menaces terrifiantes des anciens s'ils révélaient à quiconque en dehors du clan ce qu'ils s'apprêtaient à découvrir, les promesses de représailles terribles s'ils ouvraient les yeux pour voir le chemin, s'ils regardaient ne serait-ce que leurs pieds. À moins de devenir eux-mêmes des sages, de leur vie ils ne devraient plus revoir les peintures sacrées. Maï sait que l'Homme-qui-dessine en connaît l'existence mais il ne veut pas en parler avec lui ; pas même ce soir, alors qu'ils sont seuls et si près de la salle des peintures.

Mounj, lui, a déjà décidé d'y retourner ; ce sont elles qui racontent l'histoire du clan, ce sont elles qui le sauveront ! Après les révélations de Tade, s'il prenait davantage de temps pour les étudier, peut-être parviendrait-il à déchiffrer ce que racontent les dessins découverts sur ce morceau de paroi dissimulé. Il est convaincu que l'histoire de Tade et ces peintures rapidement esquissées au charbon de bois ont un rapport. Il a trois jours pour le trouver, trois jours avant la prochaine lune ; car les Hommes-qui-savent ne débusqueront jamais Tade, même s'ils le voulaient. Elle est déjà loin. Il ne cesse de penser au choix qu'il a fait de la laisser s'enfuir, persuadé qu'il parviendrait à convaincre la tribu des Hommes-qui-savent de le relâcher. Il s'est trompé. Cette décision lui sera peut-être fatale. Fallait-il se sacrifier pour sauver Tade ou aurait-il mieux valu la livrer à la tribu ? Cela serait revenu à condamner la seule Femme-droite qu'il ait rencontrée en trois hivers, la seule qui pouvait lui donner une descendance et ainsi sauver la lignée des Hommes-qui-dessinent. Il est trop tard pour regretter. Il a choisi de l'épargner et de tenter d'échapper aux Hommes-qui-savent pour la rejoindre, elle est partie, il ne peut compter sur aucune aide. Celui qui pouvait encore faire quelque chose pour lui vient d'être désavoué par son clan. C'est donc ici, au cœur de Womb, qu'il doit trouver le moyen de rester en vie.

Petit à petit, alors qu'ils avancent lentement vers la tanière de l'ours, la tension de la bagarre retombe. Le silence vaste de Womb fait oublier les bruits des vivants et rappelle aux deux hommes ce qu'ils sont au fond : deux êtres seuls, chacun à sa façon. L'excitation de Maï cède à l'abattement. Il mesure l'inutilité de son accès de colère. Il s'est mis à la faute en violant les lois de son clan pour sauver Mounj ; non seulement il a échoué mais il risque d'être banni pour avoir frappé son frère. Haoud, lui aussi, s'est mis à la faute : il a bafoué le conseil. Mais pas question qu'on le bannisse, lui ! Au contraire, on l'admire d'autant plus qu'il se montre vindicatif et belliqueux. Depuis toujours il l'humilie, encouragé par le clan qui rit de sa méchanceté. Djub lui-même a longtemps fermé les yeux sur les traitements que Haoud lui infligeait ; son deuxième fils a toujours eu sa préférence : plus jeune, moins réfléchi mais plus impétueux, plus fort. Un meneur d'hommes. Maï ne l'intéressait pas parce que son attrait pour les hommes l'empêcherait d'avoir un fils ; or pour être chef, il faut pouvoir assurer sa descendance. La seule fois de sa vie où il a refusé de courber l'échine, où il a agi comme on pourrait l'attendre d'un futur chef, cette fois-là va lui coûter sa place dans le clan. Aujourd'hui, c'est Mounj qui est mené à la tanière de l'ours. Un jour prochain, ce sera lui peut-être ; et les silences effrayants de Womb l'engloutiront. Elle sera sa mère et sa fin.

Enfin, ils arrivent à l'entrée de l'étroit boyau. Maï se retourne pour faire face à Mounj. Les torches éclairent leurs visages. Leurs yeux parlent mais les deux hommes demeurent muets. Ils se reconnaissent, tous deux si semblables ; et pourtant entre eux, il y a un gouffre. Malgré tout ce qui les rapproche, malgré les mots échangés, malgré les moments partagés, des générations d'Hommes-droits et d'Hommes-qui-savent se défient et se jaugent en cet instant, leur interdisant de se ressembler complètement, de se comprendre complètement.

– Tu vas être banni à cause de moi, regrette Mounj.

Maï hausse les épaules :

– Je n'ai jamais vraiment appartenu à mon clan. Les hommes comme moi n'ont pas leur place au sein d'une horde.

– Tu ne pourras pas survivre longtemps en dehors du camp. Vivre seul est dur.

– Et toi? Tu vas être sacrifié par mon peuple, pour rien.

Mounj tourne la tête vers le vide. Ces mots, il ne veut pas les entendre; cette idée, il ne veut pas l'admettre.

– Il y a un moyen.

Maï ne comprend pas. On ne peut rien contre ce qui l'attend. On n'échappe pas à Womb. Mais le visage de Mounj est éclairé par une expression d'espoir :

– Les peintures sacrées.

chapitre dix-neuf

LES PEINTURES QUI PARLENT

– Quoi, les peintures sacrées ?

Leur simple évocation fait trembler la voix de Maï.

– Elles racontent l'histoire du clan, non ?

– ...

– Elles ne mentent jamais.

– Tu ne sais rien des peintures sacrées !

– Je les ai vues, j'ai vu la salle au fond de Womb, recouverte de dessins d'animaux, de scènes de chasse.

Maï panique, bien que personne ne puisse les entendre.

– Tais-toi !

– Nous devons y retourner. Elles nous diront pourquoi un tueur s'en est pris à votre clan.

– C'est interdit. Seuls les sages ont le droit d'y aller.

– Tu vas être banni, je vais être sacrifié! Cette tribu n'est plus la tienne, tu n'as plus à obéir à ses règles.

– Ce ne sont pas les règles du clan, ce sont celles des esprits. Les peintures sont sacrées.

– Ce sont les Hommes-qui-savent qui en ont fait des peintures sacrées, pas les esprits.

Maï ouvre de grands yeux affolés. Ce que dit l'Homme-qui-dessine est la chose la plus terrifiante qu'il ait jamais entendue. Autant affirmer que les esprits n'existent pas! Même lui qui s'est battu pour qu'il soit épargné, convaincu que son peuple s'apprête à commettre une erreur en le sacrifiant, ne peut accepter qu'il parle ainsi de leurs croyances! Mounj ne lui laisse pas le temps de réagir:

– J'ai besoin de ton aide. J'ai trouvé une fresque sur le dernier mur, tout en bas, avant de quitter la salle. Elle a été peinte récemment.

– Comment as-tu osé...?

– Ces dessins ne racontent pas seulement l'histoire de ton peuple, ils parlent du mien aussi. Des Hommes-droits sont représentés. L'un d'eux s'accouple avec une femelle de votre clan, une Femme-qui-sait. Et puis l'un de vous tue les Hommes-droits.

Maï est épouvanté, il recule, il veut s'enfuir. Il a si peur qu'il en tremble, mais Mounj le retient fermement par le bras.

– Je suis certain que c'est l'explication à tous ces meurtres, continue-t-il. Tu connais le clan, tu peux me dire ce que tu y vois, toi.

– Je ne peux pas te laisser faire ça, je vais prévenir les sages.

– J'étais sous ta garde quand j'ai exploré Womb et découvert la salle des peintures sacrées. Ils te tueront avec moi dès qu'ils l'apprendront!

Mounj a crié. Ses mots se répètent contre les parois, comme si Womb approuvait et affirmait avec lui: «Ils te tueront!»

– Quelqu'un parmi les tiens a commis un crime. Lui aussi a transgressé les lois de votre clan qui disent qu'on ne peut pas prendre la vie d'un autre humain. Il a tué les Hommes-droits qui vivaient dans ces montagnes, mais l'un d'eux a échappé au massacre et se venge. Celui qui a tué les Hommes-droits a fait mourir vos chasseurs, il doit être puni, pas nous!

– La salle des peintures est interdite. Avouer que nous y avons pénétré nous coûtera la vie.

– Le conseil des sages pardonnera si nous découvrons la vérité sur ce qu'il s'est passé.

– Allons leur parler. Dis-leur ce que tu viens de me dire. C'est à eux d'entrer dans la salle des peintures sacrées et d'écouter ce que disent les dessins, pas à nous.

– Non. Celui qui a peint cette fresque connaissait l'histoire du massacre des Hommes-droits. Pourtant, il n'a rien dit. Nous ne savons pas encore pourquoi, mais c'est forcément l'un des sages puisqu'ils sont les seuls à pouvoir dessiner. Nous devons nous débrouiller seuls, et nous devons agir maintenant.

Maï n'est pas certain que ce que Mounj propose soit moins grave que mourir. Si ce qu'il dit est vrai et si un massacre est effectivement décrit par les peintures sacrées, celui qui l'a commis fera tout pour les faire taire et condamner pour avoir violé le lieu sacré. Celui qui a peint la fresque également. Maï et Mounj devront convaincre le conseil contre l'un de ses membres... Peut-être le premier d'entre eux, son propre père, Djub ! Cette seule pensée suffit à lui donner envie de se réfugier au plus profond de la grotte et de ne plus en sortir.

– Dépêchons-nous, lui dit Mounj en le précédant.

Il s'élance dans le noir. Le corps raidi par la peur, Maï le suit sans conviction, parce qu'il redoute davantage encore de rester seul en arrière. Mounj retrouve les marques qu'il avait tracées sur le sol. Les deux hommes suivent le passage ainsi borné sans jamais s'en écarter ni déplacer ou effacer les signes qui leur serviront à revenir sur leurs pas. Ils sont aussi silencieux l'un que l'autre. C'est Womb qui pousse à cela. Womb aide à penser, pas à parler... Et les pensées des deux hommes ne se rejoignent pas. Maï est tout absorbé par la cruelle évidence, toujours pressentie, que sa différence le perdrait et que son frère n'hésiterait pas à précipiter ce moment pour devenir l'héritier incontesté de la charge de chef. Mounj pense à Tade, à cette étrange rencontre, si longtemps espérée. Elle a été son unique quête depuis qu'il est Homme-qui-dessine. Pourtant, il l'avait imaginée autre. Il pensait découvrir un jour une tribu nombreuse et prospère, dans une contrée riche et pleine de gibier, dont les femelles fertiles et les jeunes mâles se seraient croisés avec les jeunes de son clan. Des enfants solides et résistants seraient nés de ces unions, qui se seraient à leur tour mélangés. Tous ensemble ils auraient cherché d'autres tribus, loin vers le couchant, pour continuer à améliorer le sang de la leur ; ainsi, ils auraient sauvé leur peuple. Au lieu de cela, la femelle qu'il a rencontrée est l'unique survivante d'une tribu décimée. S'il parvient à échapper aux Hommes-qui-savent, il la rejoindra. Ensemble ils partiront et elle lui donnera un fils. La fin des Hommes-qui-dessinent ne viendra pas par lui ; il aura tenu la parole donnée à son père. Pourtant, il sait qu'il ne pourra pas exiger la même promesse de son fils quand il sera lui-même en âge de procréer. Il a vu le nombre d'Hommes-droits diminuer alors que les Hommes-qui-savent se multipliaient. Ce que son grand-père avait deviné, lui l'aura vu. Les difficultés que son fils rencontrera seront plus grandes encore... S'il a un jour un fils, et s'il revoit Tade.

Maï reconnaît certains endroits du parcours qu'il pensait avoir oubliés mais que sa mémoire d'enfant a conservés. La peur ressentie ce jour-là n'a pas disparu non plus. Enfin, ils arrivent au bout de Womb, là où l'entremêlement de galeries et de boyaux, de passages et de salles s'arrête. Alors, les peintures leur apparaissent telle une harde vivante sortie de la nuit. Ce que ressent Mounj est aussi fort que l'avant-veille. Quant à Maï, malgré la peur qui le fait trembler des pieds à la tête, il est gagné par le même émerveillement. Les deux hommes se laissent emporter par le plaisir devant les successions de courbes et de volumes. Mounj les trouve si réalistes en comparaison des traits sommaires qu'il trace sur ses rouleaux qu'il voudrait pouvoir les reproduire et en orner un jour les murs de la grotte de son clan. La pierre, contrairement à l'écorce de bouleau, retiendra longtemps les pigments roux et ocre, bruns par endroits... tellement plus variés que le simple noir de ses dessins. Il est fasciné par le savoir-faire des Hommes-qui-savent. Tellement qu'il en vient à leur envier cet art et se demande comment un peuple qui en possède le secret peut engendrer des hommes aussi frustes que Haoud. Plus il contemple les peintures, plus il aime les regarder, mais plus c'est douloureux : il est l'Homme-qui-dessine, il possède le don et le pouvoir de dessiner, réservés à quelques-uns seulement. Pourtant, à côté des immenses fresques qu'il a sous les yeux, son précieux héritage lui paraît grossier, balbutiant. Ce peuple qu'il croyait peu évolué s'avère plus avancé que le sien. C'est un sentiment mauvais, il le sait. Il tente de le chasser, mais en vain. Il revient, plus violent encore : l'avenir n'est pas aux Hommes-droits ; ils sont à leur fin, ils vont disparaître. Ou peut-être devront-ils partir, comme certaines espèces d'animaux qu'ils chassaient autrefois et qui sont allés ailleurs, vers les grands froids, vers d'autres territoires ?

– Où sont les scènes dont tu parlais ? demande Maï, qui, bien que fasciné par les peintures, est rattrapé par la peur d'être surpris dans ce lieu sacré.

Il croit entendre la colère de générations de sages monter des parois, enfler, menaçant de s'abattre sur lui.

– Elles sont là, dans ce recoin, tout en bas.

L'Homme-qui-dessine n'a pas menti ! Sous les yeux de Maï surgissent les dessins qui se succèdent : un Homme-qui-sait, une Femme-qui-sait prise par un Homme-droit, un nouveau-né allongé entre les deux. Puis un combat entre les deux mâles, et la mort de l'Homme-droit. Enfin, une scène qui apparaît très clairement comme le massacre de trois Hommes-droits par un seul Homme-qui-sait. Les dessins n'ont été que tracés, pas colorés, et ils sont encore frais. Maï ouvre des yeux horrifiés tellement ce que révèle cette fresque semble réel.

– Les peintures sacrées peuvent-elles raconter autre chose que l'histoire de ta tribu? demande Mounj.

– Non, seulement ce qui est arrivé.

Mounj désigne le premier dessin :

– L'une des vôtres s'est accouplée avec un Homme-droit...

– Jamais ça n'est arrivé.

– *C'est* arrivé. Et elle a été pleine.

– Il ne peut pas y avoir d'enfant entre nos deux peuples.

– C'est ce que je croyais aussi, mais regarde, un bébé est né.

– Non, c'est impossible.

– Les peintures sacrées ne mentent pas, c'est toi qui le dis!

Maï ne s'explique pas ce qu'il voit. Il doit reconnaître que Mounj a raison : les peintures sacrées racontent bel et bien l'accouplement entre un Homme-droit et une Femme-qui-sait, puis le meurtre de cet Homme-droit, puis le massacre de sa tribu. Il recule, fait un pas vers la sortie. Il ne tient plus dans cette salle que la fumée commence à rendre irrespirable.

– Qui peint parmi les sages? demande Mounj.

– Tous les sages ont le droit de peindre, mais Soa et Yto sont trop vieux pour se déplacer seuls jusqu'ici.

– Alors qui a pu peindre cette fresque? Et surtout, qui peut être cette femme? Et cet Homme-qui-sait?

Tous les deux pensent à Haoud, Sila et Djub. Haoud le tueur, Sila la mère d'un enfant sans père, et Djub le sage qui a toujours su mais n'a rien dit pour protéger son fils. Haoud. Prononcer son nom, ici, dans le silence accusateur de Womb... Maï n'en est pas capable.

– Il n'aurait pas pu...
– Alors pourquoi Sila lui en veut-elle à ce point?
– Non, ça ne peut pas être lui.
– Le bébé n'est pas de Haoud, car elle a toujours refusé de se donner à lui. Elle a préféré un homme d'un autre peuple, un Homme-droit. Cela a rendu ton frère fou. Il l'a tué. C'est pour cela que Sila le déteste.

Maï étouffe, sous l'effet de la fumée autant qu'à cause des mots de l'Homme-qui-dessine. Mais celui-ci continue, plus pour comprendre ce qui s'est passé que pour convaincre Maï:

– Haoud a tué les autres membres du clan des Hommes-droits, pour faire disparaître tous ceux de mon peuple, pour nous punir de lui avoir volé sa femme et de l'avoir engrossée.

Maï fait un pas de plus vers la sortie. C'est moins la fumée qui le pousse hors de la salle que le désir d'échapper à l'effroyable révélation.

– Sauf qu'un Homme-droit a survécu et décidé de se venger. Vos jeunes chasseurs sont morts à cause de Haoud.

Finalement, ne trouvant la force ni de s'élancer seul dans les ténèbres ni de demeurer debout, Maï se jette face contre sol. Mounj continue, insensible à la fumée :

– C'est ton père qui a fait ces dessins. Il savait mais s'est tu, pour protéger son fils. Il le protégera jusqu'au bout. C'est pour cela qu'il veut que je sois sacrifié.

Mounj regarde Maï, et il voit dans ses yeux rougis qu'il ne sait plus s'il doit détester son père ou l'aimer davantage, condamner son frère ou le comprendre. Que doit-il désormais penser de son peuple qu'il croyait pacifique ? Mounj et lui ont-ils violé les peintures sacrées ou Womb approuvera-t-elle que la vérité soit dite au clan ? Il n'est plus sûr de rien, il doute de tout et ça le rend fou.

– Tu dois raconter ce que tu as vu ici, lui assure Mounj. Il faut que Haoud soit puni. C'est lui qui doit être banni, pas toi.

chapitre vingt

LE FILS DE DJUB

Maï et Mounj émergent de Womb alors que le soleil est à peine levé. Ils traversent la première galerie sans qu'aucun des membres de la tribu encore couchés ne réagisse, descendent la paroi qui borne la galerie et tombent nez à nez avec Haoud qui monte la garde tout en mangeant. Il n'y a déjà plus beaucoup de chasseurs autour du campement provisoire installé au milieu du tunnel; dès les premières lueurs du jour, ils sont retournés à leurs foyers. Certains s'apprêtent à partir tôt à la chasse pour rattraper la journée perdue d'hier. Haoud se saisit de son arme et la pointe en direction de son frère.

– Qu'est-ce que tu fais, Maï? Le prisonnier ne doit pas sortir de Womb.

Maï s'immobilise devant la menace. Le regard furieux de son frère le paralyse. Il a perdu tout l'esprit combatif qui l'animait cette nuit, au moment où il s'est opposé à son père et à Haoud, et où il aurait défié toute la tribu s'il avait fallu. Mounj profite de ce moment d'hésitation entre les deux frères pour se saisir de la sagaie de Maï. Dans un mouvement souple et rapide, il se met en position de combat et pointe son arme en direction de la poitrine de Haoud. Celui-ci sourit d'un air mauvais. C'est le signal! Le moment tant attendu est enfin arrivé. Il va pouvoir faire taire l'étranger arrogant. L'Homme-qui-dessine vient de commettre l'acte qui l'autorise à engager le combat.

Les deux belligérants sont vite encerclés par les quelques chasseurs qui se trouvaient à proximité de la galerie. Maï, ne sachant quel parti prendre, s'écarte alors que petit à petit, le reste de la tribu se rassemble.

– Ne le laissez pas partir! lance Haoud en désignant son frère du menton. Il voulait aider le prisonnier à s'échapper.

On accourt depuis le camp, attiré par l'attroupement et les cris qui fusent pour encourager le fils méritant du chef. Les deux hommes se menacent toujours de la pointe de leur sagaie lorsque Djub, à la tête du conseil, rompt le cercle.

– Qu'est-ce qui se passe? tonne-t-il.

– L'Homme-qui-dessine a usé de sa magie sur Maï. Mon frère est devenu fou et l'a laissé sortir de Womb. L'Homme-qui-dessine allait s'échapper.

Mounj s'apprête à répondre mais pour l'instant, les cris des uns et des autres se mêlent au grondement de la rivière. Or, il veut que tout le clan entende ce qu'il a à dire. Il sait que Haoud veut le voir mourir mais il ne quittera pas ce monde sans avoir révélé au peuple de Djub ce qu'il a appris. La détermination qui se lit sur son visage force le respect. Même Haoud est gagné par le doute : pourquoi l'Homme-qui-dessine ne tremble-t-il pas de peur ? Que manigance-t-il ? Quel moyen pense-t-il avoir trouvé pour échapper au sort que lui réserve la tribu ? Tout le clan est maintenant agglutiné autour des deux hommes, rendant toute fuite impossible. Mounj n'a pas d'autre issue que la mort, ou réussir à confondre Haoud. Djub s'avance, le menton levé, signe qu'il attend que le prisonnier s'explique, mais signe aussi qu'il sera impitoyable. Mounj se décide enfin :

— Womb m'a parlé cette nuit !

Un murmure accueille les paroles blasphématoires. Djub lui-même a un mouvement de recul. Mounj continue cependant :

— Ce n'est pas ma vie que les esprits de vos chasseurs réclament, mais celle de Haoud !

Le murmure se fait rumeur, la stupeur colère. Mais Mounj s'obstine :

— C'est à cause de lui que vos hommes sont morts.

Haoud laisse échapper un éclat de voix, mi-rire mi-cri :

– Qu'est-ce que l'étranger a encore inventé ? Il nous a obligés à dormir dans la galerie sous la garde d'hommes de paille, il nous a fait battre la forêt pour rien... Voilà qu'il m'accuse, moi, Haoud, fils de Djub, qui mourrais pour défendre mon peuple !

– Haoud se dit plein de bravoure, mais c'est la jalousie qui le commande. C'est elle qui a guidé sa main lorsqu'il a tué l'Homme-droit, pas le courage.

Cette fois, le remous provoqué par les paroles de l'Homme-qui-dessine est plus fort que le grondement de la rivière.

– Quel Homme-droit ?

– Celui que Sila avait pris pour mâle.

Sila étouffe un cri. Elle met ses mains sur sa bouche, on dirait qu'elle se plie sous l'effet d'un coup porté au ventre. Les regards passent d'elle à Haoud. Celui-ci a du mal à comprendre :

– Sila ?

– Cela t'a rendu fou. Tu as tué ton rival. Sila ne te l'a jamais pardonné.

Un râle sort maintenant de la gorge de la jeune femme qui se laisse tomber à genoux.

– Sila était mienne, hurle Haoud.

– Non. Tu ne l'as jamais possédée.

– Si. Son enfant est le mien.

– C'est ce que tu as laissé croire à tout le monde, mais tu savais qu'elle se donnait à un Homme-droit.

Un long cri monte de la poitrine de Sila, qui fait taire l'un et l'autre :

– Une fois ! Une fois tu m'as forcée, Haoud ! Mais j'étais déjà enceinte. Tu le savais, c'est pour ça que tu as tué mon homme. Tu pensais que je l'oublierais, mais j'étais à lui. Jamais je n'ai été à toi, jamais je ne le serai. Jamais !

La confusion gagne la tribu. Au terrible secret du viol de Sila, dont tout le monde soupçonnait Haoud, s'ajoute celui de la paternité de son fils. Jamais on n'aurait imaginé que l'enfant puisse être celui d'un Homme-droit. Haoud est conscient de la gravité de ces accusations, les lois du clan sont formelles : tuer un homme est un acte grave, même s'il appartient à un autre peuple d'humains, parce que cela met la tribu en danger. Mais forcer une femme de son propre clan est plus grave encore. C'est puni de mort. Pourtant, Haoud semble davantage confus qu'effrayé, comme s'il était lui-même sidéré par les révélations de l'Homme-qui-dessine. Il se tourne vers Djub :

– Père, je jure que je n'ai tué personne !

Mais Djub reste sans réaction. L'Homme-qui-dessine n'écoute pas les protestations de Haoud ; il s'adresse à la horde :

– Ensuite, il a exterminé les autres membres du clan des Hommes-droits, pour qu'ils ne puissent pas se venger. Mais l'une d'eux a survécu.

Un nouveau murmure parcourt les rangs des Hommes-qui-savent. On se demande de qui il parle. Même Maï s'est tourné vers lui et fronce les sourcils, dubitatif.

– Oui, c'est une femme qui a tué vos sept chasseurs, poursuit Mounj. Ce n'est pas un homme à qui j'ai arraché le propulseur, mais une jeune fille. Elle m'a tout raconté : le massacre de sa famille par un Homme-qui-sait, sa vengeance, les vies qu'elle a prises... Autant que Haoud en avait pris parmi les siens. Haoud doit être puni pour vos morts.

– C'est faux, je n'ai tué personne ! J'ignorais que l'homme de Sila était un Homme-droit. Sila, il faut me croire !

Haoud est troublant de sincérité. Un instant, Mounj lui-même se demande pourquoi il s'obstine à nier l'évidence. L'attitude de Djub, qui continue à se taire, est tout aussi étonnante. Mais après un moment d'impuissance, le chef sort enfin de sa torpeur et paraît retrouver un peu d'énergie :

– Tu es courageux, Homme-qui-dessine. Mais ton courage ne suffira pas à te sauver. Ce n'est pas en accusant mon fils que tu arriveras à convaincre mon clan.

– Je n'accuse pas seulement ton fils, je t'accuse aussi.

La tribu est abasourdie par l'audace de l'Homme-qui-dessine.

– Rien ne serait arrivé sans la haine de ton fils. Tu l'as laissé faire, tu l'as encouragé, et tu ne l'as pas dénoncé alors que tu savais ce dont il s'était rendu coupable.

Le murmure au sein de la tribu enfle. Haoud arme son bras et menace Mounj :

– Cessons d'écouter l'Homme-qui-dessine. Tuons-le !

– Ce n'est pas moi qui parle, ce sont les peintures sacrées qui ont mis les mots dans ma bouche.

La réaction du clan n'aurait pas été plus vive s'il avait avoué les meurtres des sept chasseurs. Maï, affolé, se tourne vers lui : il n'aurait pas dû... L'effarement de la tribu laisse place à la colère. Les Hommes-qui-savent se font menaçants et resserrent le cercle qu'ils avaient formé autour des deux fuyards. Mounj demeure imperturbable pourtant. Il s'obstine même :

– J'ai vu les peintures sacrées. Elles racontent le massacre des Hommes-droits.

– Mensonge, essaie de rétorquer Haoud.

Mais Mounj ne se laisse pas impressionner :

– Les peintures sacrées ne mentent pas. C'est Djub qui a dessiné celles-là, et Djub n'aurait pas pu mentir à Womb.

L'aplomb du prisonnier est si grand que la tribu attend la réaction de son chef avant de massacrer l'impudent.

– Sacrilège! entend-on ici et là.

Les hommes brandissent leur sagaie, prêts à faire jet; les femmes se sont saisies de galets et n'attendent qu'un signal pour lapider le prisonnier. Mais une nouvelle fois, ils sont déroutés par l'attitude de leur chef. Celui-ci semble sans voix, comme pétrifié. Se pourrait-il que l'Homme-qui-dessine ait raison?

– L'étranger dit-il la vérité, Djub? demande Yto, le plus âgé des anciens, de sa voix faible. Les sages pourraient aller voir les peintures pour s'en assurer.

Djub continue à se taire. Puis ses épaules s'affaissent et il parle, presque aussi bas que le doyen:

– Il dit vrai, avoue-t-il.

C'est la consternation dans les rangs des chasseurs. Les femmes doivent faire taire les enfants pour entendre ce qui se dit, tout devant:

– J'ai raconté à Womb comment un enfant était né de l'union entre Sila et un Homme-droit. J'ai dessiné la mort de ce jeune mâle, et le massacre des Hommes-droits.

Parmi les sages, c'est la consternation. Ils n'auraient jamais imaginé une chose aussi contraire aux règles du clan, pourtant imposées par Djub lui-même au moment de son accession à leur tête. Il avait compris que les luttes entre chefs de famille affaiblissaient le clan, et les avait interdites. C'était il y a de nombreux hivers. Il a appliqué sa loi avec tant de férocité qu'aucun Homme-qui-sait n'a plus jamais tué l'un des siens. Cette loi s'est aussi appliquée aux Hommes-droits qui vivaient à proximité, et le clan a vécu en paix depuis lors. Djub a fait preuve de la même autorité que son père avant lui quand celui-ci avait décidé, contre l'avis de son conseil, que la tribu ne serait plus nomade et que Womb désormais les protégerait. Cela avait été une bonne décision car la tribu avait prospéré. Les forêts autour de la grotte s'étaient révélées riches en gibier, et Womb un havre contre les intempéries et les fauves. C'est en se souvenant que son père avait eu raison contre tous que le conseil avait approuvé Djub quand il avait interdit les combats entre chasseurs. La découverte d'un massacre perpétré par un membre du clan et passé sous silence par le plus sévère d'entre eux est d'autant plus difficile à comprendre. Les sages ignorent tout de ces peintures. Yto le vieillard supplie Djub de s'expliquer :

– Pourquoi ?

– Parce que c'est arrivé.

Les regards se tournent alors vers Haoud. On connaît sa violence, on connaît son désir de posséder Sila, on sait qu'il n'a pas peur de défier son père... Il est le seul capable d'avoir commis de tels actes.

– Je n'ai rien fait ! hurle-t-il.

– Je sais, mon fils.

Djub a dit cela en forme d'aveu. Le visage plissé de rides du doyen de la tribu montre qu'il connaît déjà la réponse à la question qu'il s'apprête à poser à Djub :

— Alors qui ?

Les bras ballants, tête baissée en signe d'abandon, Djub révèle enfin à son clan ce qu'il a déjà avoué à Womb :

— C'est moi qui ai tué l'Homme-droit. J'ai pris les vies de toute sa tribu, ou ce qu'il en restait. Ils n'étaient plus que des cadavres vivants. Je n'ai fait que hâter leur départ.

Les anciens se sont rapprochés de leur chef, ils refusent de croire qu'il ait pu faire une chose aussi grave, qu'il soit celui par qui la mort de sept de leurs jeunes est arrivée. Haoud est comme assommé debout. Il a abaissé son arme et ne parvient plus à réagir. Il observe Sila, qui le regarde aussi ; pour la première fois, sans haine.

Yto essaie de comprendre. Il questionne Djub, peut-être pour le sauver, pour tenter de lui trouver des raisons :

— Pourquoi as-tu fait cela ? Nous étions en paix avec eux.

— En paix, oui, tant que chacun restait sur son territoire.

La voix de Djub n'est plus celle d'un chef mais d'un homme fatigué. Ses mots sont lourds et sourds.

— Je n'aimais pas voir certains d'entre nous fraterniser avec eux. Nos jeunes chasseurs les aidaient. Les derniers temps, ils leur cédaient même le fruit de leur chasse ! Je ne pouvais pas accepter qu'une femme de notre clan

copule avec l'un d'eux. Surtout pas la femme que mon fils avait choisie. J'ai fait ça pour protéger mon clan.
— Nous protéger? Ils étaient trop faibles et trop peu nombreux pour représenter un danger pour nous.
— Les Hommes-droits étaient dévorés par un mal que personne ne sait guérir. Je ne voulais pas que ce mal s'attaque à notre tribu et nous décime. J'ai fait ça pour les miens. Si c'était à refaire, je recommencerais.
— Alors pourquoi n'as-tu pas aussi tué l'enfant de Sila? demande gravement Yto.
— Je croyais qu'il était de Haoud. Il lui ressemble, je pensais que c'était lui le père. Mais si j'avais su, je l'aurais tué lui aussi.
— S'en prendre à des mourants. Quel chef valeureux nous avons!
Tout le monde se retourne. Chacun a reconnu la voix de Liméa, la femme du chef. Qui d'autre se permettrait de s'adresser à lui sur ce ton? Les chasseurs s'écartent sur son passage alors qu'elle avance vers lui.
— Ne te mêle pas de ça, Femme. Je suis le chef et j'ai agi en chef.
— Et moi je suis la femme du chef. Je veux savoir pourquoi mon homme a transgressé nos règles et m'a caché ce qui s'était passé.
— Si cette femme ne m'avait pas échappé, vous n'en auriez rien su. Personne n'a été surpris que les Hommes-

droits disparaissent. Tout le monde les savait condamnés... Ils le sont tous, dans ces montagnes ou ailleurs. Ce que j'ai fait n'y changera rien.

– Le petit de Sila n'est ni chétif ni maladif.

– Pour l'instant, mais tôt ou tard... On devrait le noyer tant qu'il est temps, ou le laisser aux loups

– Alors il faudra noyer ton fils aussi.

– Qu'est-ce que tu dis? Quel fils?

– Haoud.

Comme un seul homme, les têtes se tournent vers le fils du chef. Celui-ci, toujours muet, les bras ballants, reçoit tous ces regards comme une charge d'aurochs. Il en tombe presque à la renverse. Il est fort, mais il ne peut pas lutter contre tant d'yeux. Son peuple, les siens, sa propre tribu... Ils le dévisagent comme s'ils découvraient un étranger. Lui-même se regarde et se voit. Il voit ce que sa mère vient de dire; car avec les mots, la ressemblance devient criante. Tous réalisent que Haoud possède des traits d'Homme-droit: petit et massif, bras musculeux, front fuyant... Il n'a pourtant pas le même faciès ni la même silhouette que Mounj, mais il n'a pas non plus ceux de son frère Maï. Il n'est plus proche ni de l'un ni de l'autre. Il est entre les deux. Un bâtard comme l'enfant de Sila!

Djub parvient difficilement à articuler:

– Haoud?

– Ton fils n'est pas le tien, Djub.

Les mots de Liméa sont comme des couteaux. Elle les plante un à un dans les flancs de Djub :

– Il a pourtant toujours eu ta préférence. Tu l'as élevé, tu lui as appris à chasser et à fabriquer des armes, il t'a imité en tout, et aujourd'hui, il te ressemble plus que ne te ressemblera jamais ton véritable fils, Maï, que tu allais bannir.

– Qui est le père de Haoud ? Qui a osé toucher la femme du chef ? gronde Djub, recouvrant un instant son esprit combatif.

– Un Homme-droit.

– Un...

Djub s'étrangle.

– Il n'appartenait pas à la tribu qui vivait dans ces montagnes. Il allait seul. Personne n'en a jamais rien su ; personne d'autre que moi ne l'a vu. J'étais descendue au passage des loups avec notre fils Maï parce qu'il voulait apprendre à pêcher dans la rivière. Tu n'étais pas là, tu chassais. L'Homme-droit buvait quand nous sommes arrivés. Il n'a pas cherché à fuir. Il parlait notre langage, il voulait savoir où finissait cette vallée. Comme l'Homme-qui-dessine, il parcourait les plaines et les montagnes, il cherchait des tribus d'Hommes-droits, et il faisait des traits avec des bâtons de feu froid sur des feuilles d'arbres. Je lui ai parlé de la tribu des Hommes-droits mais je l'ai prévenu qu'ils mouraient tous et que mon homme, futur chef de notre tribu, voyait d'un mauvais œil les étrangers. Je lui ai dit qu'il valait mieux qu'il reparte d'où il venait, mais en même temps que je disais cela, mon ventre voulait qu'il reste. Il m'a souri. J'ai alors senti l'envie qu'il me prenne. Je lui ai souri. Il l'a sentie aussi. Maï était occupé à pêcher, l'Homme-droit m'a prise comme s'il n'avait pas eu de femme depuis longtemps, puis il est reparti.

Liméa finit son long discours en plantant ses yeux dans ceux de son homme, en signe de défi.

– Tu ne m'as rien dit?

– Pourquoi? Il ne m'a pas forcée, je l'ai voulu aussi. Et puis le temps a passé. Je l'ai oublié. Quand j'ai su que j'étais enceinte, je n'ai pas imaginé que c'était de lui. Ce n'est que plus tard, quand Haoud a grandi, que j'ai vu la ressemblance, mais il était ton fils et j'ai dû oublier l'Homme-droit à nouveau. Quand nos chasseurs ont capturé l'Homme-qui-dessine, son souvenir est revenu.

Parmi les Hommes-qui-savent, on se regarde sans trop y croire. Ces révélations ont le même effet que si dix éclairs avaient frappé le camp en même temps. Djub ne sait plus s'il doit se jeter sur sa femme ou quitter le clan pour ne jamais revenir.

Mounj, lui, vient de réaliser. Il n'a connu que deux Hommes-droits qui dessinaient avant lui: son père et

son grand-père. Sa tribu est la seule parmi toutes celles d'Hommes-droits à détenir le secret et l'art des dessins. L'homme dont parle la femme du chef ne peut être que...
– Mon père ?
Il se tourne vers Haoud et contemple ses yeux couleur de terre, identiques aux siens, ses cheveux du même brun que ceux qui couvrent sa tête, pas clairs comme ceux des Hommes-qui-savent. Les deux jeunes hommes échangent un long regard ahuri : d'ennemis, les voilà devenus... frères ! Tout à coup, Haoud se met à trembler, comme s'il cherchait à contenir ce qui, chez lui, ne peut sortir que sous forme de colère. Des yeux, il interroge son père, qui n'est plus son père, il interroge sa mère, qui savait mais n'a rien dit, il interroge Maï, l'aîné dont il avait pris la place mais qui sera toujours plus *fils du chef* que lui. Il avait réussi à devenir le plus puissant des jeunes chasseurs, le plus craint, le plus respecté, celui qu'on acceptait déjà comme futur chef. Or, il n'est même pas un Homme-qui-sait à part entière. Il est un bâtard qui n'aura peut-être pas de descendance. Les anciens se trompaient donc lorsqu'ils prétendaient que rien ne pouvait naître de l'union entre Hommes-droits et Hommes-qui-savent. Haoud se ressaisit, crispe les mâchoires, serre les poings autour du manche de sa lance, bande tous les muscles de son corps jusqu'à la tétanie... Il voudrait les tuer tous.

Magie, esprits des morts ou force de la colère à l'intérieur de Haoud, quelque chose fait voler une sagaie depuis la forêt. Sans qu'on la voie ni l'entende, elle fend l'air. Tout ce que l'on perçoit est le son émis par Djub au moment où il est frappé. Pas même un cri. Tout juste un souffle coupé. Il se plie tout d'abord, et quand il se redresse, il a un regard effaré sur la sagaie plantée dans son ventre. Puis il gémit alors qu'il vient de comprendre. Il relève la tête et cherche quelque chose devant lui, là-bas, dans la futaie. Ne voit rien. Implore du regard les siens autour de lui : cherchez avec moi, trouvez-la, amenez-la à moi, montrez-la-moi, je veux voir son visage. Mais aucun ne réagit, il semble être le seul à avoir saisi que le bras vengeur de la Femme-droite venait de frapper une huitième fois. Alors il râle. Il sent la pointe de pierre buter contre ses vertèbres, son ventre que la sagaie a transpercé se vider à l'intérieur de lui, le sang chaud se répandre. Puis ses jambes se dérobent, comme si on les lui avait coupées et il tombe à la renverse. La douleur, au moment où son dos touche le sol, est plus vive que la première, insoutenable, comme aucune autre au cours de sa vie. La sagaie a traversé. Elle dépasse de lui. Il ne sent plus rien. Sauf peut-être un fourmillement dans les épaules et ses mains agrippées à la sagaie, dans une inutile tentative de l'ôter de son corps. Un goût de sang envahit sa bouche. Il a froid et il est mouillé ; il a dû tomber dans la rivière. Il ouvre les yeux, voit un filet rouge qui s'écoule, emporté par le courant. Il inspire une dernière fois, mais ses poumons s'emplissent d'eau.

ÉPILOGUE

Mounj et Tade courent en direction du levant, vers la grande eau au bord de laquelle vit le clan de Mounj. Ils ont fui la tribu demeurée interdite après la mort de son chef, ils ont couru aussi vite qu'ils ont pu pour mettre le plus de distance entre les Hommes-qui-savent et eux. Ils ont pu quitter les montagnes hostiles et froides, où tout est danger : les humains, le lynx qui n'hésite pas à attaquer l'homme lorsqu'il est affamé, le terrible ours des cavernes aussi habile à se cacher qu'il est grand et puissant, les montagnes elles-mêmes dont les parois abruptes se détachent pour fracasser les os et prendre la vie, le froid qu'elles jettent depuis leurs sommets, qui pénètre sous les couches des peaux les plus épaisses, les mille vents qui butent contre elles et fouettent les hommes. Mounj n'aurait jamais dû s'y aventurer ; il les savait infranchissables. Son père le lui avait dit, qui l'avait appris de son père. Lui-même le savait de son père et du père de son père. Ainsi remonte le savoir des Hommes-qui-dessinent, aussi loin que cette rivière que Mounj et Tade longent en ce moment.

Mounj et Tade cheminent ainsi tout le jour, se retournant souvent pour s'assurer que les Hommes-qui-savent n'ont pas décidé de les prendre en chasse. Au fur et à mesure qu'ils avancent, la plaine s'élargit. En fin de journée, ils arrivent au pied d'un piton qui surplombe la vallée, là où la rivière bifurque et s'évase vers les grandes plaines. Ils décident de le gravir et de camper là-haut pour la nuit. Mounj préfère dominer et voir au loin. Une fois parvenu à son sommet, il profite des derniers rayons de soleil pour sortir de son sac un rouleau et y dessiner leur journée de marche : un trait en travers, de la largeur d'un doigt, pour représenter leur progression, une série de ~~~ pour indiquer les massifs bordant la rivière depuis leur départ de la grotte du clan de Womb, un alignement de ^^^^ pour figurer les sommets enneigés qui barrent l'horizon et un [pour marquer le changement abrupt de direction de la rivière. La nuit tombe avant qu'ils aient le temps de faire du feu. Ils doivent se contenter d'une couche d'herbe humide et de l'abri offert par un rocher pour passer la nuit. Ils avalent quelques racines et fruits secs trouvés en chemin et se couchent.

Mounj se souvient de l'inquiétude sourde avec laquelle il devait s'endormir, avant, quand il était seul : chaque jour qui s'achevait sans qu'il ait pu découvrir d'autres Hommes-droits était un échec. Ce sentiment était parfois si fort qu'il en perdait le sommeil. Dans ces moments-là, son impuissance le laissait désemparé. Certains soirs, il renonçait à dormir, se levait et se remettait en route en pleine nuit, au risque de croiser des loups qui, eux, voient dans l'obscurité et n'hésitent pas à attaquer quand ils sont en meute. Mais ce soir, pour la première fois depuis longtemps, il a quelqu'un de son peuple à qui parler. Ni lui ni Tade ne pourront oublier le peuple de Womb et le massacre du clan de Tade, mais Djub est mort. Ils espèrent maintenant retrouver le clan de Mounj.

Mounj dit qu'une lune de marche les sépare des falaises au bord de la grande eau, en haut desquelles perche le camp de son peuple, à l'abri dans les cavités. Ils s'y reposeront et Tade lui fera un fils qui succédera un jour à son père. Puis Mounj repartira à la recherche d'autres tribus d'Hommes-droits, vers le levant cette fois. Il fera le tour de la grande eau s'il le faut. Il trouvera d'autres mâles et d'autres femelles pour les jeunes de leur clan.

Il s'assure que la salive mélangée à la poudre noire est suffisamment sèche avant de fourrer son rouleau d'écorce dans son sac, de caler celui-ci sous sa tête et de se rouler dans sa peau de renne. Tade, qui l'a précédé, se blottit contre lui. Très vite, la nuit au-dehors avale tout ce qu'ils pouvaient voir. Avec elle, ils ferment les yeux et s'endorment.

Du même auteur,
aux éditions Syros

Silence, coll. «Rat noir», 2011
   Prix du Polar Jeunesse francophone de Montigny-lès-Cormeilles 2012
   Prix de littérature jeunesse de Balma 2012
   Prix du salon de littérature jeunesse de Mirande 2012
   Prix de la ville de Loudéac et de la Cidéral 2013
   Prix des lycéens de Sablé-sur-Sarthe 2013
   Prix des collégiens du Territoire de Belfort 2013
   Prix Aficion'ados des Landes 2013
   Sélection officielle du prix des Incorruptibles 2013, catégorie $3^e/2^{de}$

Le Garçon de l'intérieur, coll. «Rat noir», 2013

L'auteur

Benoît Séverac est romancier et nouvelliste, auteur de littérature policière et noire pour les adultes et pour la jeunesse. Il vit à Toulouse.

Loi n° 49.956 du 16 juillet 1949
sur les publications destinées à la jeunesse
modifiée par la loi n° 2011-525 du 17 mai 2011.

Mis en pages par DV Arts Graphiques à La Rochelle
N° d'édition : 10195975 – Dépôt légal : janvier 2014
Achevé d'imprimer en décembre 2013
par CPI Bussière (18200, Saint-Amand-Montrond, France).
N° d'impression : 2006552